シャーロット・ネイビー
アリシア・ウィンザー
ユクシー・サラーティ
「よろしくお願いいたしますわ、アリシアさん！」
「ああもう、暑苦しいわね！」
「よろしくね、アリシアさん！」

「冷たくて気持ちいいですわ～！」
「水浴び気持ちいいね、シャーロットお姉さん！」

「あら。何アンタ、こんなものが羨ましいの？」
「それにしても、アリシアさんって凄くスタイル良いなぁ。羨ましい……」

「それじゃいくわ、これが【黒の聖女】の真骨頂よ！」

著
音速炒飯
イラスト
有都あらゆる
2
【パクパクですわ】追放されたお嬢様の
『モンスターを食べるほど強くなる』スキルは、1食で1レベルアップする前代未聞の
最強スキルでした。
3日で人類最強になりましたわ〜!

Contents

◆イラスト／有都あらゆる　◆デザイン／高橋忠彦（KOMEWORKS）　◆編集／庄司智

第一章　ワイバーンさんを食べる旅に出発ですわ

「良《い》い朝ですわ〜」

日光を浴びて、ワタクシは自室のベッドの上で目を覚ましましたわ。

ワタクシの名前はシャーロット・ネイビー。ネイビー侯爵家の娘……だったのですけれども、15歳の誕生日にお父様の意向で実家から追放されてしまいましたわ。

でも、ワタクシは【モンスターイーター】というモンスターさんをとっても美味《おい》しく料理できるギフトを授かりましたの。モンスターさんを魔法で倒すと、モンスターさんがお料理になるのですわ。しかも、それがとっっっっっても美味なのですわ！

ワタクシ世間知らずだったので初めて知りましたけれども。モンスターさんというのは魔法を1回当てただけで倒れてしまうほどか弱い生き物なのですわ。

「おはようございますッスお嬢様！」

ノックをして、部屋に小柄なメイドが入ってきますわ。

この子はマリー。侯爵家にいた頃からのワタクシの専属メイドですわ。ワタクシが侯爵家を追放された時、追いかけて一緒に来てくれたのですわ。

クセのある髪の毛はとても触り心地が良くて、ワタクシしょっちゅう頭を撫《な》でてしまいますの。

ワタクシはマリーに手伝ってもらって身支度を整えますわ。

「では、ワタクシは出かけてきますわ」

「行ってらっしゃいませッス、お嬢様！」

マリーに見送られて、向かったのは街のレストラン〝冒険者ギルド〟。

ちょっと変わった名前で、背中に剣やら弓やら物騒なものを背負った方も多くいらっしゃいますけれども、美味しいお料理を出すレストランですわ。特に……。

「このお店のサンドイッチ、絶品ですわ～！」

あまりにも美味しいものですから、マリーには悪いですけれどもワタクシ毎朝これを食べに来ているのですわ。

と、言っている間に完食ですわ。本日もとっても美味でしたわ♪

さて、実はワタクシ今日はもう1つ用事があって来ましたの。

「ちょっとよろしくて？」

ワタクシ、カウンターにいらっしゃるウェイトレスさんに話しかけますわ。

「あ、シャーロットさん！　おはようございます。話は聞いています、プラチナ級昇格おめでとうございます！」

「「「おめでとうございます！」」」

ウェイトレスさんが頭を下げると、周りにいらっしゃったお客の皆様も一斉に頭をお下げになりますわ。

「あ、ありがとうございますわ……」

驚きましたわ。こんなに皆様にお祝いしていただけるだなんて。

レストラン〝冒険者ギルド〟には〝ポイントカード〟という仕組みがありますの。モンスターの素材をお渡ししたり、試験を受けたりするとカードのランクが上がるのですわ。

ワタクシ、プラチナカードを貰《もら》うために過酷な試験に挑んだのですわ。

特に、無人島での最終試験はとても大変でしたわ～。テントの張り方が分からなくて夜快適に眠れなかったり、食料がほんの少しのビスケットしか配布されなかったり。

でも、楽しいこともたくさんありましたわ。ユクシーさんというとても小柄で愛らしい方とお友達になれましたし、とっても美味しい大きな蛇モンスターさんを食べることもできましたし。それに、幼なじみのアウゼス殿下も交えて美味しいレストランでお疲れさま会をしたのも楽しかったですわ。

そんなことがあって、ワタクシは無事このプラチナのポイントカードを手に入れることができたのですわ。

「さてシャーロットさん、今日はどのような御用事でしょうか？　いよいよ〝クエスト〟を受けますか？」

「いえ、クエストは受けませんわ。今日はワタクシ、1つおたずねしたいことがありますの」

「なんでしょう。他ならぬシャーロットさんのご質問。なんでもお答えしますよ！」

ウェイトレスさんが前のめりになりますわ。

「空を飛ぶモンスター、ワイバーンさんはどちらに行けばお目にかかれますの？」

ワイバーン。先日この街で開かれたお祭りに現れて邪魔をしようとしたモンスターさんですわ。

また次のお祭りに現れないように、ワタクシがお仕置きしに行きますわ。

それに、ワイバーンさんのお肉の味もワタクシとっても気になっていますの！

「なるほど。ワイバーンの生息地はこちらになります」

ウェイトレスさんが地図を広げてくださいますわ。

「ロートナウ渓谷。プラチナ級しか入れない、大型モンスターが多数生息する谷です」

プラチナカード会員限定のＶＩＰ専用狩り場ということですのね。

「シャーロットさんなら大丈夫だと思いますが、お気を付けください。行き方は、この街から定期乗合馬車で４～５時間ほどです。馬車の出発時刻が朝早いので、ご注意ください」

「ありがとうございますわ」

プラチナカードを手にして、いよいよワイバーンさんにお目にかかりにいけますわ。

それに、渓谷にはワイバーンさんの他にも大型モンスターさんがたくさんいらっしゃるとのこと。

ワタクシ、とっても楽しみですわ～！


ワタクシが冒険者ギルドから出ると。

「なんだか、通りに人がいつもより多いですわね……」

思い出しましたわ。そういえば今日は、聖女様が結界を張りなおす儀式の日でしたわ。

【聖女】。特定の一族しか授かることのない特殊な才能《ギフト》の1つですわ。モンスターさんを寄せ付けない特殊な結界を張ることができますの。

この国では、多くの街にはモンスター除《よ》けの結界が張られていますわ。

いくらモンスターさんが見掛け倒しのか弱い生き物だと言っても、街に入ってきて畑の作物を食い荒らしたり家畜や子供を襲ったりすれば被害が出てしまいますわ。

そうならないように、多くの街には聖女様の結界が張られていてモンスターさんの侵入を防ぐようになっていますの。

とはいえ聖女様の結界も万能ではなく。街の端の方の畑にモンスターさんの侵入を許してしまうこともありますし、定期的に結界を張りなおす必要もありますわ。

「せっかくですし、ワタクシも聖女様を拝見させていただきましょう」


ワタクシが広場に着くと、聖女様を一目見ようと既に人だかりが出来ておりましたわ。

そして人だかりの中心には護衛の騎士の方々と、お2人の女性がいらっしゃいますの。

お1人は聖女様でしょう。銀髪がお美しい、若くて背の高い方ですわ。繊細な装飾が施された白いドレスがよく似合ってらっしゃいますの。

そしてもうお1人は壮年の女性。こちらの方はシンプルなデザインのドレスを着ていらっしゃいますわ。

「始めなさい、マデリーン」

「了解です、当主様」

どうやら、壮年の女性の方が聖女様達《たち》一族の現当主のご様子。指示された聖女様が胸の前で手を合わせますわ。

〝パアアァ……！〟

聖女様の身体《からだ》から、神々しい光があふれ出しますわ。光は広がっていきあっという間に広場を包み、更に遠くまで広がっていきますわ。きっとこの光はこの街全体に広がっていったのでしょう。

しばらくすると光が消え、聖女様が手を下ろしますわ。

「これにて、結界張り替え終了です」

少し疲れた様子で聖女様がそう告げますわ。

「聖女様～！　毎年ありがとうございます！」

「ウチの子供達が無事でいられるのも聖女様のおかげです！　心から感謝しています！」

見物に来ていた方々から聖女様に賞賛の声が上がりますわ。

聖女様は微笑《ほほえ》んだ後、一礼して立ち去ろうとしますわ。

その時。

「おい、アレはなんだ⁉」

見物人のお一人が、空を指さしながら叫びますわ。見上げると、鳥モンスターさんが空高く飛んでらっしゃいますわ。

「極希《まれ》に起きてしまう現象ですね。結界の張り替えの時、古い結界が壊れて新しい結界が定着するまでのわずかな時間にモンスターが侵入してしまうことがあるのです」

と、聖女一族の当主様がおっしゃいますわ。

さて、どうしたことでしょう。ワタクシあのモンスターさんを食べてみたいとは思いますけれども、ワタクシの手持ちの魔法では空を飛んでいるモンスターさんには届きませんわ。

「どうする⁉　誰か弓を使えるやつはいるか⁉」

「バカ言え、俺は弓使いだけどあんな高さまで届かねえし、外したら矢がこの人だかりに落ちてきて危ねぇだろうが！」

「怖いよー！　モンスターに食べられちゃうよー！」

泣き出してしまっている子供もいますわ。

その時。

「ご心配なく。聖女の持つもう1つの力をお見せしましょう。マデリーン、やりなさい」

「はい、撃ち落としますね」

そう言って聖女マデリーン様は、空を見上げて左腕を空に向けて伸ばしますわ。

「〝ホーリーアロー〟」

聖女様の左手の中に白く輝く弓が、右手の中に矢が出現しましたわ。あれは、魔法でしょうか？

そして聖女様が魔法の矢を放ち、鳥モンスターさんを撃ち落としましたわ。

「あれが噂《うわさ》に聞く、聖女様だけが使える攻撃魔法〝ホーリーアロー〟か！」

「初めて見たけど、射程距離も威力も凄《すご》すぎる……！　弓使いとしての立場がねぇよ」

広場にいた方達が口々に賞賛しますわ。どうやら、珍しいものを見られたようですわね。

聖女マデリーン様はまた一礼して、今度こそ護衛の騎士の方々と一緒に帰って行かれましたわ。

「聖女様の結界と弓矢の魔法、お見事でしたわ。見物に来た甲斐《かい》がありましたわ」

ワタクシは弾んだ気分で家に戻り、明日のための準備に取り掛かりましたわ。


——翌朝。


「遅刻ですわ～!!」

ワタクシ、馬車の乗り場に向かって急いでいるところですわ！　乗合馬車の発車時刻まであと5分。このままでは間に合いませんわ。

「紅茶がいつもより美味しくてついお代わりしていたら時間が無くなってしまいましたわ……！」

なんとか、なんとかしませんと。そうですわ、こんなときこそ。

「〝タイムストップ〟ですわ！」

ワタクシ、魔法で時間を止めますわ。

無人島で大きな蛇モンスターさんを食べたときに覚えたこの魔法。少しの間だけワタクシが指定したもの以外の時間を止められるのですわ。

通りを歩いている他の方々も、空を飛んでいる鳥も、風に舞う木の葉も。今はピタリと動かなくなっていますわ。今のうちに歩けば、少しですけれども時間に余裕が生まれますわ。

……とはいえこの魔法。一度にたったの10秒程度しか時間を止められないのですわ。少し歩いただけでまた時間が動き出してしまいますわ。そのたびに、

「〝タイムストップ〟ですわ！」

と時間停止を繰り返しますわ。

こうしてなんとか、ワタクシは馬車の出発時刻に間に合いましたわ。

「疲れましたわ……」

ワタクシは乗合馬車の座席でぐったりしていますわ。

〝タイムストップ〟はほんの10秒程しか時間を止められないのに、とても魔力を使いますわ。たった5～6回使っただけで魔力が空になって立てないほどしんどくなってしまいますの。今のワタクシのように。

昔家庭教師の先生に教えていただいたのですけれども、魔力は大体誰でも全回復に1時間程度かかるそうですわ。

「コストパフォーマンスのよろしくない魔法ですわ……」

1時間のうち、たったの1分程度しか止められない、使いどころのあまりない魔法ですわ。今日のように遅刻しそうなときか、お料理をうっかり取りこぼしてしまったときにキャッチするくらいしか使いどころがありませんわ。

——数時間後。

「乗客の皆様、ここで一度馬を休憩させます。15分ほどおくつろぎください」

森の中にある、ちょっとした広場で馬車が停止しますわ。

乗客の皆様は馬車から降りて、各々伸びをしたり深呼吸してらっしゃいますわ。

ワタクシも馬車から降りて、伸びをしたとき。

「……今、悲鳴が聞こえたような？」

集中すると、モンスターさんの気配が感じられますわ。

きっと、ワタクシ達の後ろからやってきた馬車がモンスターさんに襲われているのでしょう。

モンスターさんは見た目が怖い割に人に害をなせないほどか弱い生き物なので、誰かが命を落としてしまう心配は無いと思うのですけれども。

「助けに行きますわ」

あまりモンスターさんに慣れていない人は、モンスターさんに襲われて驚いて転び、怪我《けが》をしてしまうかもしれませんわ。

幸い襲われている馬車はすぐ近くのご様子。ワタクシ、早速襲われている馬車の方へと向かいましたわ。

すると森の中で、剣を構えた騎士の方々が1体のモンスターさんに立ち向かっていらっしゃいますわ。どうやら、馬車の護衛の方のご様子。

そして馬車を襲っているのは――

「また風変わりなモンスターさんでいらっしゃいますわね……」

上半身は猛禽《もうきん》。身体は……ライオンでしょうか？　それに、背中には立派な翼も生えてらっしゃいますわ。まるで2種類の生き物を組み合わせたような変わった姿ですわ。ただし、体格は普通のライオンさんより大きくて、優に2倍はありますわね。

〝ゴクリ……〟

思い出すのは、以前森の中で殿下を襲っていたモンスターさん。あのときは上半身が鳥で下半身は馬でしたけれども、今回は上半身が鳥で下半身がライオンですわ。

一体どんなお味がするのか、楽しみですわ！

「失礼しますわ。ワタクシ、モンスターさんの相手は少々慣れておりますの。おこがましいかと思いますけれども、お力添えさせて頂きますわ」

「ありがとう！　俺達じゃどうにもならなかったんだ！　あの化け物を追い払うのを手伝ってくれ！」

騎士の方々は、モンスターさんの身体の大きさに腰が引けていらっしゃるご様子。モンスターさんは、新しくやって来たワタクシのことが気になるようでこちらへやって来ましたわ。

モンスターさんがワタクシに向かって飛びかかり、猛禽の爪を振り下ろすのですわ。でも――

〝ぱしっ〟

「はい、捕まえましたわ♪」

ワタクシ、モンスターさんの爪を手のひらでキャッチしますわ。

モンスターさんってば、ワタクシに対してまっすぐ飛びかかってくるのですもの。運動は苦手なワタクシですけれども、こんなにわかりやすい動きなら簡単に捕まえられますわ。

「うっそだろ……」

周りの騎士の方々は大変驚いていらっしゃいますわ。

「では早速。〝プチファイア〟ですわ！」

ワタクシは火の魔法でモンスターさんを倒しますわ。

「い、一撃⁉」

「あり得ないあり得ないあり得ない！」

「なんなんですかその強さは⁉」

違いますわ。ワタクシが強いのではなく、モンスターさんがか弱いだけなのですわ。

そしてモンスターさんは、ワタクシのギフト【モンスターイーター】の効果でお料理に変わりますわ。

このお料理はワタクシ以外が口にしようとすると煙のように消えてしまうもの。むやみに見せびらかすようなことをするのはよくありませんわ。ワタクシは素早くお料理を〝アイテムボックス〟にしまいますわ。

「それでは皆様ごきげんよう。良い旅になることをお祈りしますわ」

ワタクシは一礼して、すぐその場を後にしますわ。

早くモンスターさんの料理を食べて、乗ってきた馬車に戻らなくてはいけませんもの。

ワタクシは少し離れた木陰へ移動して。アイテムボックスからテーブルと椅子を出して食事の準備をしますわ。

〝アイテムボックス〟。ワタクシが最近覚えた特技で、不思議な穴に物を沢山しまっておけるのですわ。これがあると、荷物の持ち運びがとっても便利なのですわ。

「さぁ、いよいよお食事ですわ」

ワタクシは、期待に胸を躍らせながら先ほど〝アイテムボックス〟にしまったお料理を取り出しますわ。

今回のお料理は――

「カットステーキの盛り合わせですわ～！」

以前に殿下を襲っていたモンスターさんを倒したときと同じですわ。

『またカットステーキですの？　今回は他の料理が良かったですわ』とは言いませんわ。

美味しい料理は何度食べても美味しいのですわ。

毎日カットステーキでもワタクシ一向にかまいませんわ！

大きなお皿の上に2つ、違う種類のお肉が盛られていますわ。きっと、1つが先ほどのモンスターさんの上半身の鳥の部分。もう1つが下半身のライオンの部分なのでしょう。

「みたところ、こちらが鳥肉でしょうか？　こちらから頂きましょう」

一切れ口にすると。

「以前と同じ期待を裏切らない味ですわ～！」

じゅわっとあふれる肉汁とジューシーさがたまりませんわ！

口の中に幸せが広がりますわ。こんなもの、いくらでも食べられますわ。無限にお代わりしたいですわ！

鳥肉鳥肉鳥肉大好き～♪

あっという間に食べ尽くしてしまいましたの。続いてライオン部分のお肉へと参りますわ。

「この重厚なうまみ、たまりませんわ～！」

ライオンの身体のお肉ということで少し身構えていたのですけれども。このお肉、肉食獣らしい肉の臭さがなくてまるで牛肉と鹿肉を足したような味わいですわ。

そしてとっても重厚な脂が乗っていますわ！

あっさり系のお肉も好きですけれども、ワタクシ脂の乗ったお肉も大好物ですの！

この脂の香り、癖になってしまいますわね……！

こちらもあっという間に完食ですわ！

しかし今回は、鳥部分のステーキとライオン部分のステーキの間に、少しだけお肉が盛られているのですわ。

「一体なんでしょう……？」

ワタクシ、ワクワクしながらお肉を口に運びますわ。

これは――

「鳥とライオンの境目、希少部位のお肉ですわね⁉」

２種類のお肉の味が絶妙なバランスで混ざり合って、お互いの良さを引き立て合っていますわ！

ジューシーなようなあっさりしているような……。

あまりのおいしさに頭の理解が追いつきませんわ！

お肉を口に運ぶ手が止まりませんわ！

パクパクですわ！

楽しいときというのはあっという間に過ぎてしまうもので。

「完食ですわ……！」

お腹《なか》もいっぱいになって、ワタクシ大満足ですわ！

『ボスクラスモンスター〝グリフォン〟を食べたことによりレベルが5上がりました』

『グリフォン捕食ボーナス。風属性魔法〝ウインドカッター〟を修得しました』

そして、いつもの耳鳴りですわ。

ワタクシ、モンスターさんのお料理を食べるとこうして耳鳴りが聞こえますの。ですけれど正直、専門用語らしき言葉ばかりでほとんど何を言っているのか分かりませんわ。

〝レベル〟って一体なんですの～⁉

「でも、魔法が新しく使えるようになったことは分かりますのよ。今回は〝ウインドカッター〟という魔法が使えるようになったようですわね。折角ですし試してみるといたしましょう。……〝ウインドカッター〟ですわ」

ワタクシが魔法を使うと。

手のひらから風の刃が飛び出して、木の枝を切り落としてしまいましたわ。

「なるほど、物を切る魔法ですのね。……あまり使いどころが思いつきませんわね」

ワタクシの【モンスターイーター】にはルールがありますの。それは、『モンスターさんに合った魔法で倒さないとお料理にならないこと』ですわ。

例えばスライムさんは氷の魔法で倒すとシャーベットになりますけれど。火の魔法で倒しても何のお料理にもなりませんわ。逆に、オオカミモンスターさんを氷魔法で倒してもお料理にはなりませんけれども、火の魔法で倒すとステーキになるのですわ。

モンスターさんをどう調理したいかによって、使うべき魔法は変わりますの。

しかし、〝ウインドカッター〟は物を切る魔法。食材を切るだけで料理にはなりませんから、使う機会は少ないでしょう。

シャーロット・ネイビー　LV114
◇◇◇パラメータ◇◇◇
○HP：99／99　○MP：159／159
○筋力：84　○魔力：133
○防御力：109（＋ボーナス147）　○敏捷《びんしょう》：72

◇◇◇スキル◇◇◇
○索敵LV8
○無限アイテムボックス（レア）
○全属性魔法耐性（レア）
○ナイトビジョン
○オートカウンター（レア）
○状態異常完全遮断（レア）
○オートヒールLV10
○防御力ブースト

◇◇◇使用可能魔法◇◇◇
○プチファイア
○パラライズ
○ファイアーウォール
○ウォーターショット（威力＋4）
○グラビティプレス
○ウインドカッター【New!!】
○プチアイス
○ステルス
○トルネード
○バブル
○タイムストップ

ワタクシが戻ると、ちょうど馬の休憩が終わったようで他の皆様も馬車に再び乗り込んでいらっしゃいましたわ。

その後馬車は順調に進みまして、ワタクシは無事渓谷に着くことができましたの。

見渡すと一面は険しい山々。ある遠くの山からは巨大な滝が流れ落ちておりまして、大変美しい眺めですわ。

そして、時折モンスターさんの叫び声が聞こえますわ。ここでどんなモンスターさんにお目にかかれるか、楽しみですわ〜。

「とりあえず、川沿いに歩いてみましょう」

レストラン〝冒険者ギルド〟のウェイトレスさんの情報では、この渓谷のどこにワイバーンさんが生息しているかまでは分からないとのこと。ワイバーンさんも喉が渇けばお水を飲みに来るはずですし、水辺を探索するのがきっと効率的ですわ。

それに、川辺を歩いていると水のせせらぎも耳に心地よいですわ。時折、樹が行く手を塞いでいますけれども。

「〝ウインドカッター〟ですわ」

先ほど新しく覚えた魔法で切り倒して、道を切り開いたり。

岩が道を塞いでいるので、

「〝グラビティプレス〟」

砕いたり。

ワタクシ、鼻歌を歌いながら進みますわ。

先ほど『使う機会が少なそう』と思っていた〝ウインドカッター〟ですけれど、早速大活躍ですわ。

そんな風にしばらく歩いていますと……。

何か、赤いものがワタクシの足下を横切りましたわ。そしてそのまま、近くの茂みに飛びこんでしまいましたわ。

「あら？」

気配を探ると、どうもモンスターさんだったご様子。

「どんなモンスターさんなのでしょう？　楽しみですわ！　さぁ、お顔を見せてくださいまし。〝パラライズ〟ですわ」

ワタクシ、麻痺《まひ》魔法を茂みに向かって放ちますわ。これで茂みの中のモンスターさんは麻痺して動けなくなったはず。

「さーて、どんなモンスターさんでしょう？　ウサギモンスターさんでしょうか？　蛇モンスターさんでしょうか？」

ワタクシ、茂みに手を入れてモンスターさんを摑《つか》みますわ。

〝ぷよんっ〟

あら？

何でしょう、この柔らかな感触。

どこかで触ったような、懐かしいような……？

不思議に思いながら茂みからモンスターさんを引き抜くと。

「スライムさんですわー!?」

出てきたのは、真っ赤な色をしたスライムさんでしたわ。

……なんで赤色ですの？

一体どんなお味なのか、調べてみる必要がありますわ！

「〝プチアイス〟ですわ！」

ワタクシ、魔法で赤いスライムさんを倒しますわ。

お屋敷《やしき》を追放されてすぐに出会った普通のスライムさんは、氷属性魔法で倒すとシャーベットになりましたけれども。

このスライムさんは――

「赤いシャーベットになりましたわ」

予想通りですわ。では早速テーブルと椅子を用意しまして。

「いただきますわ～！」

ぱくり。

「赤いスライムさんも美味しいですわ～！」

初めて食べたスライムさんと同じように。

ヒンヤリと冷たくて。シャリっと心地よい食感で。程よい上品な甘さで。

とっっっっても美味しいですわ！

そして今回のシャーベットは、普通のスライムさんとなんだか風味が少し違いますわ。

えーと、この果実のような甘みは……。

「そう、この味はイチゴですわ！」

赤い見た目そのままですわね。どうしてスライムさんがイチゴ味なのでしょう？　野イチゴばかり食べているのでしょうか？

しかし理由はどうあれ美味しいことに違いはありませんわ。あっという間に完食ですわ！　パクパクですわ！

「えーと、赤色のスライムさんについては……」

ワタクシはアイテムボックスからモンスターの図鑑を取り出して、スライムさんについて調べますわ。

図鑑によると。

『スライムは雑食性で、地域によって食べるものが異なる。その影響で、身体の色が変化する。現在、この大陸では7種の色が確認されている』

とのことですわ。

「7種類もいらっしゃいますのね！」

これは楽しみが増えましたわ。

いつの日か、全種類のスライムさんをコンプリートしたいですわ！　そしてテーブルの上に7種類のシャーベットを並べて、食べ比べてみたいですわ～！

『モンスターを食べたことによりレベルが上がりました』

『レッドスライム捕食ボーナス。スキル〝パーティーリンク〟を修得しました』

そしていつもの耳鳴りですわ。

最近はもう、この耳鳴りにも慣れてきて驚くこともなくなりましたわ。

相変わらず、魔法が使えるようになったとき以外は何をおっしゃっているのかさっぱり分かりませんけれども。

「さて、甘味も補充したところで先に進みますわ」

シャーロット・ネイビー　ＬＶ１１５
◇◇◇パラメータ◇◇◇
○ＨＰ：１００／１００　○ＭＰ：１６０／１６０
○筋力：85　○魔力：１３４
○防御力：１０９（＋ボーナス１４７）　○敏捷：73
◇◇◇スキル◇◇◇
○索敵ＬＶ８　○オートカウンター（レア）
○無限アイテムボックス（レア）　○状態異常完全遮断（レア）
○全属性魔法耐性（レア）　○オートヒールＬＶ10
○ナイトビジョン　○防御力ブースト
○パーティーリンク［Ｎｅｗ‼］
【モンスターイーター】の効果の一部をパーティーメンバーに与える

◇◇◇使用可能魔法◇◇◇
〇プチファイア
〇パラライズ
〇ファイアーウォール
〇ウォーターショット（威力＋4）
〇グラビティプレス
〇ウインドカッター
〇プチアイス
〇ステルス
〇トルネード
〇バブル
〇タイムストップ

「本日の寝床、完成ですわ～！」

夕方。ワタクシの目の前には、完成したテントが立っていますわ。

以前は設営方法がわかりませんでしたけれども、ワタクシ1人でテントを張れるようになったのですわ。無人島でユクシーさんに教えていただいた甲斐がありましたわ。

ユクシーさん。プラチナ昇格試験で、一緒に無人島を過ごした友人ですわ。頭にクマのような小さなお耳が生えていて、それがとても愛らしいですの。

それに、小さいのに大人の盗賊にも立ち向かっていく勇敢さも持っている方ですわ。

無人島ではワタクシが捕まえたモンスターさんをユクシーさんが料理してくださったのですけれども、それがとっても美味しかったのですわ。無人島でユクシーさんと一緒に過ごした時間は何にも代えがたい宝物ですわ。

「それはさておき。ワタクシいよいよ、初めて1人でお料理しますわ！」

まずワタクシは火を起こして（このやり方もユクシーさんに教えていただきましたわ）、持ってきたベーコンを焼いて、パンに載せますわ。

火を起こすのに手間取ってしまったので辺りはもうすっかり暗くなってしまいましたわ。けれども。

「夜の森で食べるベーコン、美味しいですわ〜！」

家にいるときにマリーが焼いてくれるベーコンも美味しいのですけれども、こうして夜の森の中で自分が起こした火を使って焼いたベーコンというのは、なんだか食べていてとても幸せになれるのですわ！

「そしてデザートに、焼きリンゴを作っていきますわ！」

リンゴの芯を専用調理器具でくりぬいて。そこに砂糖とシナモンを詰めて焼きますの。

「焼きリンゴ、美味しいですわ〜！」

シナモンの香りがリンゴの風味を引き立てていますわ。それに、リンゴ本来の甘みだけでなく砂糖もたっぷり入れましたので、口の中で甘みが果汁とともにジワッと溢《あふ》れますの。

ワタクシ焼きリンゴ大好きですわ〜！

あっという間に完食してしまいましたわ。

「満足ですわ……」

食事のお片づけをしたあと、ワタクシは椅子に座りながら1人静かに焚《た》き火《び》を眺めていましたわ。

ワタクシ、こういった静かな時間は好きな方ですわ。でも今は、少し寂しくもありますの。無人島でユクシーさんと一緒に過ごす時間が楽しかったからでしょうか？

「ユクシーさん、元気にしてらっしゃいますかしら？」

ユクシーさんが住んでらっしゃるのは、ワタクシとは別の地方の村。プラチナ昇格試験の後、途中まで乗合馬車でご一緒しましたけれど、その時以来お会いできておりませんわ。

「ユクシーさんと別れてからたった数日しか経《た》っておりませんのに、もうお会いしたくなってしまいましたわ」

連絡先は交換しましたから、そのうち一緒に森にモンスターさんを食べに行くお誘いをしたいですわね。

それになんだか、そんなことをしなくても近々お会いできるような、そんな予感がいたしますわ。

第二章　２人でいっしょに旅をしますわ

翌日。

「長い道のりでしたわ……」

険しい道。視界の悪い森。ここへ来るまで、色々大変でしたわ。ですけどその甲斐《かい》あって、ついにワタクシはワイバーンさんを見つけましたわ！

「ワイバーンさん、どうやらワタクシの存在には気づいていらっしゃらないようですわね……」

ワタクシ、木陰からそっと覗《のぞ》きますわ。ワイバーンさんは川で水を飲んでいるところ。絶好のチャンスですわ。

辺りを見回すと、一面の森。特にワイバーンさんの巣らしき物は見当たりませんわ。ここには、水を飲むために立ち寄っているだけなのでしょう。

「巣がどこにあるかわからないですし、ワイバーンさんが飛び立つ前にここで倒してしまいたいですわ」

ワタクシは、音を立てないように気をつけながらワイバーンさんに近づいていきますわ。

「〝ステルス〟ですわ」

魔法を使って、姿を透明にしますわ。

音を立てないように、そーっとそーっと。足下の小枝などを踏まないよう注意しながらゆっくりと進みますわ……。

〝ゴクンッ〟

ワイバーンさんが水を飲み終え、頭を上げますわ。いけませんわ、このまま飛び去ってしまいそうですわ！

距離はまだ遠くて、ワタクシの魔法が届くかギリギリですわ。本当はもっと、距離を詰めてからにしたかったのですけれども……！

「〝プチファイア〟ですわ！」

ワタクシは魔法で火の塊を飛ばしますわ。

ですがあと少しのところで、ワイバーンさんは飛び上がって避けてしまいましたわ。

「ああ、残念ですわ」

――その時。

「逃がさないよ！」

どこからかとんできた鉄の鎖が、ワイバーンさんの翼に絡みつきますわ。

「やあああ！」

誰かが、鎖を地上から引っ張っていますわ。

『ギャオオオオオ！』

ワイバーンさんが吠《ほ》えながら翼を振るって、鎖を振《ふ》り解《ほど》かれます。そして、どこかへ飛び去ってしまいましたわ。

「ああ、また逃げられちゃった……」

しょんぼりした声とともに、森の中から人影が出てきますわ。その姿は――

「まぁ、ユクシーさんではありませんの！」

「わぁ、シャーロットお姉さんだー！　やったー！」

ワタクシ達《たち》は駆け寄って、抱擁を交わしますわ。

「ユクシーさんはどうしてここへ？」

「私、ワイバーン討伐のクエストを受けてきたんだ。だけど、ワイバーンはこっちに気づくとすぐに逃げちゃうから困ってるんだよね」

「まぁ、ワタクシも同じですわ。……ユクシーさん、もしよろしければ力を合わせて一緒にあのワイバーンさんを倒しませんこと？」

と、ワタクシが提案すると、ユクシーさんの顔がパァっと明るくなりますわ。

「いいの？　勿論《もちろん》、シャーロットお姉さんがいれば頼もしいよ。一緒にがんばろー！」

「ワイバーンさん討伐チーム結成ですわ！」

「おー！」

ユクシーさんがいてくだされば、とても頼もしいですわ！

とはいえ。

「どちらに行けば良いのでしょう……？」

ワタクシ、ワイバーンさんを見失ってしまいましたわ。

「それなら大丈夫！　私、あのワイバーンの巣の場所を突き止めてるんだ」

「まぁ！　流石《さすが》ですわユクシーさん！　その巣はどこにありますの？」

「あそこだよ！」

ユクシーさんが指差すのは、とても険しい岩山ですわ。

「あんな高い山に巣がありますの……!?」

高いだけではありませんわ。斜面はもはや垂直と言った方がいいくらいに急ですわ。あんな山、ワタクシに登れますかしら……。

「さぁ行こうシャーロットお姉さん！」

ユクシーさんが元気に駆け出すので、ワタクシも後を追いますわ。

——数時間後。

「もう1歩も歩けませんわ……」

山の麓に着いただけで、ワタクシ疲れ果ててしまいましたわ。疲労困憊《ひろうこんぱい》ですわ……。

ワタクシ、その場にへたり込んでしまいますわ。

「シャーロットお姉さん、もしかして体力は一般人と同じくらいしかないの……？　あんなに凄《すご》いのに、意外な弱点だなぁ」

ユクシーさんは元気ですわ。腰に重そうなハンマーまで提げているのに、凄いですわ。

「うーん。そうだ、ちょっと寄り道して行こう」

ユクシーさんは進路を変えますわ。

「ど、どこに行きますの？」

「良いところだよ。えっとね、ヒントは今のシャーロットさんがきっと気にいるところ♪」

ユクシーさんは軽い足取りで森の中を歩いていきますわ。

歩いていくうちに景色が変わり、木が減って代わりに岩肌が目立ってきましたわ。

「あら？　なんでしょうかこの匂いは……」

どこからか不思議な匂いが漂ってきましたわ。思い出しましたわ。この匂いは――

「温泉ですわー！」

湧き水が地熱で温められて湧き出している、自然の恵み。それが温泉ですわ。

疲れ切ったワタクシが、まさに一番欲しかったモノですわ。

「昨日この辺りを歩いてて見つけたんだ。良かった、シャーロットお姉さんに喜んでもらえて」

「素晴らしいですわユクシーさん。さぁ、ワタクシが一番乗りですわ！」

「あ、ズルいよシャーロットお姉さん！」

ワタクシとユクシーさんは着ている物を脱いで、競うように温泉に飛び込みますわ。

「あぁ、疲れた身体《からだ》に染み入りますわ～♪」

「気持ちいいねぇ、シャーロットお姉さん」

温泉の周りには遮るモノはありませんけれども、ここは人里離れた渓谷の奥地。人は滅多に通りかかりませんし、耳の良いユクシーさんが近づく人がいないか気にかけてくださいますので心置きなくくつろげるのですわ。

「あー、疲れがどんどん体から溶け出していきますわ～」

湯船に身体を浸していると、疲れがどんどん抜けていきますわ。

外を見渡すと、美しい景色が広がっていますわ。遠くには岩山が高く聳《そび》えていますの。鳥のさえずりも耳に心地よいですわ。

「ふんふんふふ～ん♪」

気分が良くなって、思わず鼻歌を歌ってしまうほどですわ。

「エレナも、いつか連れてきてあげたいなぁ」

と、ユクシーさんが呟《つぶや》きますわ。

「エレナさん？　どなたですの？」

「私の妹なんだ。無人島でシャーロットお姉さんが倒してくれた、あの大きな蛇モンスターのことを覚えてる？」

「ええ、もちろんですわ」

あの大きな蛇モンスターさんのから揚げ、とても美味《おい》しかったのですもの。忘れることなど出来ませんわ！

「あの時シャーロットお姉さんが私にくれた、蛇モンスターの牙。あの牙から抽出した材料を使って、エレナの病気を治す薬が作れたんだ。本当にありがとうね、シャーロットお姉さん」

「まぁ！　そうでしたの。お礼には及びませんわ。妹さんの病気が治って何よりですわ～！」

「病気が治っても、ずっと寝たきりだったから今は病院でリハビリ中なんだ。歩いて遠出出来るようになったら、いろんな所に連れて行ってあげる約束をしてるんだ。そのためにも、沢山稼がないと！」

ユクシーさんが力こぶを作ってやる気をみなぎらせておりますわ。

ワタクシ、その腕を見て1つ気が付きましたわ。

「ユクシーさんの腕、引き締まっていてとても健康的ですわね。ちょっと失礼しますわ」

ワタクシ、ユクシーさんの二の腕を触りますわ。細くて華奢《きゃしゃ》な腕……と思っていたのですけれども、触ってみると引き締まっておりますわ。

「細いのに、とても力強い腕ですわね……」

「えへへ。妹のために、私はあちこち出かけてお金を稼ぎに行ってたからね。洞窟に入ったり崖を登ったり、色々したなぁ～」

ユクシーさんが、しみじみとした声を出しますわ。

「苦労してらっしゃったのですわね、ユクシーさん」

身体をよく見ると、小さな傷がたくさんついてらっしゃいますわ。

「ユクシーさんは、頑張り屋さんで優しいお姉さんですのね」

ワタクシはユクシーさんを後ろから抱きしめますわ。

「ありがとう、シャーロットお姉さん。……前から思ってたけど、シャーロットお姉さんってスタイルいいよね。羨ましいな～」

そう言いながら、ユクシーさんはワタクシの胸に後頭部を預けなさいますわ。

「ああ、この体勢落ち着くな〜」

ユクシーさんはワタクシの胸をクッション代わりにしてくつろいでらっしゃいますわ。

「もう、ユクシーさんってば」

とはいえ、ユクシーさんはこれまで妹さんのためにずっと頑張ってきたんですもの。こうやって甘えさせてあげるくらい全く構いませんわ。

それに。

「相変わらず可愛《かわい》らしいお耳ですわ〜！」

ユクシーさんがワタクシの腕の中にいるこの体勢。ユクシーさんのクマのようなお耳を間近で見ることができるのですわ。

「……ユクシーさん、少しお耳に触らせていただいてもよろしくて？」

「いいよ〜」

ユクシーさんが耳をピコピコ動かしてくださいますわ。

こうしてお耳が動く様子、愛らしくて堪《たま》りませんわ〜！

ワタクシはユクシーさんの頭を撫《な》でつつ、お耳のモフモフ感を堪能《たんのう》しますわ。

「えへへ、ちょっとくすぐったい……！」

ワタクシの胸の中でユクシーさんが小さく身をよじりますわ。

その様子があまりに可愛らしくて。

ワタクシ、少し悪戯心《いたずらごころ》が芽生えてしまいましたわ。

〝ツンツン〟

ユクシーさんの脇腹の辺りを、ワタクシは指でつつきますわ。

「わーん、くすぐったいよシャーロットお姉さん！」

身をよじるユクシーさんの様子、愛らしくて堪りませんわ！

「ごめんあそばせ。ユクシーさんがくすぐったがる姿が見たくて、少し悪戯してしまいましたわ♪」

「もう、シャーロットお姉さんってば〜！」

正直なところ。本当はもっともっとユクシーさんのくすぐったがる姿が見たいのですわ。それに、ユクシーさんのすべすべのお肌を撫で回したり、引き締まった腕に触れたりしたいですわ。デスけれどもワタクシ、これ以上悪戯すると、うっかり自制心を無くしてやり過ぎてしまいそうですわ。これ以上は我慢ですわ……！

そこからしばらく、ワタクシとユクシーさんはのんびりと話に花を咲かせましたわ。

「ねぇ、シャーロットお姉さんは兄弟はいるの？」

「お兄様がいますわ。優しくて、偶《たま》に厳しいお兄様ですわ。今住んでいる家も、お兄様から借りているものですわ」

たまに、お父様にバレないよう差出人を偽装してお兄様にお手紙を差し上げていますわ。家を借りたりと色々お世話になっていることですし、一度どこかで時間を作って挨拶しに行くべきかもしれませんわね。お父様には内緒で。

そんなふうに、お湯につかったままずっとのんびり話をしていましたわ。温泉から上がると、身

体の疲れは綺麗《きれい》に抜けていましたわ。

「……さてユクシーさん。日もいい具合に暮れてきて。心も身体もリフレッシュした時にやることと言えば？」

「そんなの決まってるよシャーロットお姉さん！　せーの、」

「「晩御飯（ですわ〜）！」」

〝グウウウゥ〜〟

丁度ここで、２人同時にお腹《なか》が鳴りますわ。

「さぁユクシーさん、早速食材になるモンスターさんを探しに行きますわよ！」

「おー！　美味しいモンスターが見つかると良いね、シャーロットお姉さん！」

ユクシーさんは目を閉じますわ。音に集中してらっしゃるのでしょうか、クマのようなお耳がピクピクと動いて。

とても！

とても愛らしいのですわ〜！

「あっちの方からなにかモンスターの鳴き声がするよ、シャーロットお姉さん！」

「ワタクシもそちらの方に何かモンスターさんの気配を感じますわ。早速行ってみましょう」

ワタクシ達は走り出しますわ。

「見つけましたわ……！」

ワタクシ達が見ているのは、ニワトリモンスターさん。森の中の、急斜面の下に巣を作っていらっしゃいますわ。そしてワタクシ達は、急斜面の上からニワトリモンスターさんを見下ろしている状態ですわ。

「シャーロットお姉さん、あれは危険なモンスターだよ！　コカトリスって言って、視線に石化効果があるニワトリなんだ。いくらシャーロットお姉さんでも迂闊《うかつ》に手を出すのは危険だよ」

「まぁ、それは気をつけなくてはいけませんわね」

視線で相手を石化させるだなんて。凄い力をお持ちなのですわね。

「シャーロットお姉さん、コカトリスを上手《うま》く捕まえるための作戦を立てようよ」

「そうですわね。その前に１つ、お伝えしておかないといけないことがありますわ。ワタクシのギフトについて、お話しいたしますわ」

ワタクシは、ワタクシのギフト【モンスターイーター】について説明しましたわ。

「すごいすごーい！　モンスターを倒すとお料理になるなんて！　私もシャーロットお姉さんのギフトで出てくるお料理食べてみたいな！」

「ただ残念なことに、ワタクシのギフトで出てくるお料理は、ワタクシ以外が口にしようとすると煙のように消えてしまう性質があるのですわ」

「そっかあ。残念だなぁ」

ユクシーさんがしょんぼりしますわ。

「一緒に食べられるように、ワタクシ今回はコカトリスさんを魔法で倒さないように注意いたしますわ」

「分かった！　じゃあ作戦だけど、まず2人で坂を下りてコカトリスに近づいて。私が物陰から何か音を立ててコカトリスの気を引くから、シャーロットお姉さんは透明になる魔法を使ってこっそり後ろから近づいて、麻痺《まひ》の魔法でコカトリスを動けなくして欲しいな」

「素晴らしい作戦ですわユクシーさん！　それでは、作戦を始めますわ！」

「おー！」

2人で意気揚々と拳を突き上げたとき。

〝ズルッ〟

ワタクシ、斜面から脚を踏み外しましたわ。

「きゃあああああ！」

ワタクシは一直線に斜面を滑り落ちて行きますわ！

『コケー⁉』

ワタクシ、コカトリスさんの目の前まで滑り落ちてしまいましたわ。

「ど、どうもですわ……」

ワタクシとコカトリスさん、至近距離で顔を合わせることになってしまいましたわ。

『コケ……！』

コカトリスさんは更に顔を近づけてきて、息が掛かりそうな距離でにらんできますわ。

「いけませんわ、こんなに視線を浴びたら石化してしまいますわ！」

石化効果があるというコカトリスさんの視線を、ワタクシ至近距離でたっぷりと浴びてしまいましたわ〜！

けれども。

「石化……しませんわね」

「よく考えたら、シャーロットお姉さんにコカトリス程度の石化が通用するわけなかったね！　やっぱりシャーロットお姉さんはすごいや！」

斜面の上から、木の陰に隠れたままのユクシーさんの声がしますわ。

「コカトリスさんの視線に石化効果があるだなんて、迷信ではありませんこと？」

よくよく考えてみれば、にらまれただけで身体が石になるなんてことがあるはずありませんわ。そんなもの、単なる迷信に過ぎませんわ。ユクシーさんは信じているようですけれども。

ワタクシ自分の頬を触ってみますけれど、ちゃんと柔らかいままですわ。

「さて、本来の作戦とは違いますけれども、そろそろコカトリスさんにはワタクシの麻痺魔法〝パラライズ〟で動けなくなっていただきましょうかしら」

と、ワタクシが魔法の狙いを付けたとき。

『コケー!!』

コカトリスさん、急に飛び上がりましたわ。そして、踵《かかと》のツメでワタクシを蹴ろうとするではありませんか！

「きゃあ！　〝プチファイア〟ですわ！」

急だったもので咄嗟《とっさ》に、麻痺魔法ではなく攻撃魔法を使ってコカトリスさんを倒してしまいましたわ。

そして現れたのは――

「フライドチキンですわ！」

油たっぷりの衣が、夕日に照らされてキラキラ光っていてとても魅力的ですわ。

食べ物というのは油と糖が多いほど美味しいもの。これほどたっぷり油を含んでいれば、美味しいに決まっていますわ！

ですけれども。

「お許しくださいましユクシーさん……。コカトリスさんを、ワタクシしか食べられないお料理にしてしまいましたわ……あら？」

ワタクシ、出てきたお料理の様子がいつもと少し違うことに気づきましたわ。隣にもう1つ、小さいお皿が出現しているのですわ。大きさは大皿のちょうど半分程度でしょうか？　こちらにも、フライドチキンが載っていますわ。

「どうしてでしょう……？　今までこんなことはありませんでしたのに」

よくみると、お皿の前にネームプレートが置いてありますわ。

そして、

〝ユクシー・サラーティ〟

と書かれておりますわ。

……もしかしてこの小さい方のお皿、ユクシーさんの分ですの⁉

とりあえず、ワタクシはフライドチキンをアイテムボックスにしまってユクシーさんの所へ戻りましたわ。

「ユクシーさん、コカトリスさんがワタクシのギフト【モンスターイーター】の力でフライドチキンになりましたわ。それに、今回はユクシーさんの分もあるかもしれませんわ！」

ワタクシ、アイテムボックスから椅子とテーブルを取り出して、フライドチキンとユクシーさんの名前があるネームプレートを載せますわ。

「あれ、シャーロットお姉さんのギフトは、シャーロットお姉さんしか食べられないお料理が出てくるんじゃなかったの？」

ユクシーさんが小さく首をかしげますわ。

「そのはずだったのですけれども……何故《なぜ》か今回は小さいサイズのお皿と、こんな物が出現しましたの」

ワタクシは、ユクシーさんの名前のネームプレートを指さしますわ。

「じゃあ、もしかしたら私もこのフライドチキンを食べられるかもしれないね」

「そうなのですわ！　試してみてくださいまし」

ユクシーさん、小さい方のお皿からフライドチキンを１つ手に取って小さなお口でかぶりつきますわ。

フライドチキンは消えてしまうことなく、ユクシーさんのお口に入りましたわ！

「シャーロットお姉さん！　料理がちゃんと食べられたよ！　それにこのフライドチキン、すっごく美味しい！」

ユクシーさんが顔を輝かせますわ。

「良かったですわ！　これでユクシーさんと一緒に【モンスターイーター】のお料理が楽しめますわ」

以前誰かと一緒にモンスターさんを倒したときには、ワタクシの分しかお料理が出てきませんでしたのに。

不思議ですわ～。

変わったことといえば、最近赤いスライムさんを食べて変な耳鳴りがしたことくらいでしょうか？　たしか〝パーティーリンク〟だとか何とか。と、まぁそんなことは置いておいて。

「「頂きます‼」」

ワタクシとユクシーさんは、同時にフライドチキンにかぶりつきますわ。

すると――

〝ジュワアアアァ！〟

口の中に！　油と旨味《うまみ》が！　広がりますわ！

衣のサクッとした食感と。

肉の柔らかな食感。その両方を同時に味わえる、フライドチキンとは夢のような料理ですわ！

お肉をかみしめる度に、
旨味が、
旨味が、
旨味が、
連続で押し寄せてくるのですわ！
たっぷり油を含んでいる揚げ物だからこそ成立する、旨味の波状攻撃ですわ！　そして骨にくっついている部分がまた堪らなく美味しいのですわ！
パクパクですわ！
「すごいよシャーロットお姉さん！　この料理、普通にモンスターを倒して調理したものよりもずっと美味しい！　なんでこんなに美味しいの⁉」
猛然とユクシーさんがお肉を口に運んでらっしゃいますわ。
「ふふふ。それはワタクシにも分かりませんの」
その時ユクシーさんが驚いたように目を見開きますわ。
「レベルアップ⁉　嘘《うそ》、私今レベルアップしたの⁉　シャーロットお姉さん、この料理って食べる度にレベルアップするの⁉」
「ええ。どうやらそのようですわ」
「すごいすごーい！　こんなに簡単にレベルアップできるなんて夢みたい！　ありがとうシャーロットお姉さん！」

跳び跳ねながらユクシーさんが喜びますわ。

「ふふふ。喜んでいただけて何よりですわ」

実はワタクシ〝レベル〟というものがなんなのか知りませんけれども。ユクシーさんが喜んでいるので悪いものではなさそうですわ。

『モンスターを食べたことによりレベルが上がりました』

『コカトリス捕食ボーナス。魔法〝エンゼルウイング〟を修得しました』

ここで、いつもの耳鳴りですわ。

「ワタクシも新しい魔法を使えるようになりましたわ。早速試してみましょう。〝エンゼルウイング〟ですわ」

〝バサァ！〟

背中の方で何か音がしましたわ。振り返ると、ワタクシの背中から白い翼が生えていましたわ。

「すごーい！　シャーロットお姉さん、天使みたい！」

ユクシーさんったら、跳び跳ねて大はしゃぎしていますわ。

「シャーロットお姉さん、もしかしてその魔法で飛べるの？　やってみてやってみて！」

「どうでしょうか？　試してみますわ。せーの！」

ワタクシ、背中に力を入れてみますわ。すると。

〝ブワッ!!〟

急に地面が遠ざかって――――！

「キャアアア！　高い、高いですわ！」

ワタクシ、周りに生えている木よりも遥《はる》かに高いところまで飛び上がってしまいましたわ。慌てて力を抜くと、今度は逆に――

「落ちますわー！」

またまた背中に慌てて力を入れると、今度は最初より更に高いところまで飛び上がってしまいましたわ。

「この魔法、コントロールが難しいですわ～！」

――10分後。

「やっと、やっと地面に帰ってこられましたわ……！」

死ぬかと思いましたわ……！

「シャーロットお姉さんおかえりなさい！　すごかったよ！　あっという間に地上から見えないくらい高いところまで飛び上がっちゃって！　もう1回やって！」

「少し、少しお待ちになってユクシーさん。しばらく休ませてくださいまし……！」

その後、休憩を挟んでもう一度魔法を試してみることにしましたわ。

「ゆっくり、ゆっくり行きますわ」

そっと背中の翼に力を入れると。

〝ふわぁっ……〟

ゆっくりと、ワタクシの身体が浮かび上がりますわ。

決して翼で空を飛ぶという立派な物ではありませんけれども。ゆっくり浮かび上がることはできるようになりましたわ。

「せっかくの魔法ですけれども、これ以上は難しいですわ」

前後左右に移動することも出来ますけれども、歩くよりも遅いスピードですわ。

普段使いするには難しいですわね……。

シャーロット・ネイビー　ＬＶ１１６
◇◇◇パラメータ◇◇◇
○ＨＰ：１００／１００
○ＭＰ：１６１／１６１
○筋力：86
○魔力：１３６
○防御力：１１０（＋ボーナス１４８）
○敏捷《びんしょう》：73
◇◇◇スキル◇◇◇
○索敵ＬＶ８
○オートカウンター（レア）
○無限アイテムボックス（レア）
○状態異常完全遮断（レア）
○全属性魔法耐性（レア）
○オートヒールＬＶ10
○ナイトビジョン
○防御力ブースト
○パーティーリンク

◇◇◇使用可能魔法◇◇◇
○プチファイア
○パラライズ
○ファイアーウォール
○ウォーターショット（威力＋４）
○グラビティプレス
○ウインドカッター
○プチアイス
○ステルス
○トルネード
○バブル
○タイムストップ
○エンゼルウイング【Ｎｅｗ‼】

翌朝。

ワタクシ、テントの中で目を覚ましましたわ。外に出ると、ユクシーさんが焚《た》き火《び》の準備をしてくださっているところでしたわ。

「ご機嫌よう、ユクシーさん。今日も良いお天気ですわね」

「おはよう、シャーロットお姉さん。今、朝ごはん作るから、待っててね」

ユクシーさんってば、火打ち石を使って手際よく火を起こしてくださいましたの。そして、小さな持ち運び用のフライパンで卵を焼いてくださいましたわ。

「はいどうぞ、シャーロットお姉さん」

今日の朝食は熱々の目玉焼きをパンで挟んだ簡易的なサンドイッチ。

「ありがとうございますユクシーさん。ユクシーさんの作るお料理はやっぱり美味しいですわ～！」

「えへへ。ありがとう、シャーロットお姉さん」

はにかみながらサンドイッチをほおばるユクシーさん、とても愛らしいですわ。

こうして朝ご飯を終えたワタクシ達は、いよいよあの岩山に向かいましたわ。

しかし。

「……どうしましょう、これ」

見上げると垂直に近い角度で、とても歩いて登れる角度ではありませんわ。

「よーし。れっつごー！」

ユクシーさん、何やら杭《くい》のような道具を岩に打ち込んで、軽々登っていきますわ。

「ええ⁉　ユクシーさん、すごいですわ！　ワタクシはどうしましょう……」

登山用の道具など持ってきていませんし、持ってきていてもあんな風に登れる気がいたしませんわ。

「シャーロットお姉さん、大丈夫？　シャーロットお姉さんなら簡単にできると思ってたけど、もしかして岩山を登るのは苦手なの？」

ユクシーさんが心配そうに振り返りますわ。

「ええ、苦手ですわ。ワタクシこんな急な岩山を登ったことなんてありませんもの！　ですがここで引き返すことなんてできませんわ。やるしかないですわね……！　〝エンゼルウイング〟ですわ！」

ワタクシは魔法で背中に翼を生やして、ほんの少し力を入れますわ。

〝ふわぁ……〟

風船が空に昇っていくのよりも遅いくらいの速度ですけれども、ワタクシゆっくりと浮かび上がっていきますわ。

「シャーロットお姉さんすごい！　私も抱えて一緒に持ち上げてほしいな！」

「こ、今度にしてくださいまし！　今ワタクシ、自分１人ゆっくり浮かび上がるだけで精一杯ですの！　いつかワタクシがこの魔法を使いこなせるようになったら一緒に空中散歩いたしましょう」

「ありがとうシャーロットお姉さん、約束だからね！」

この魔法、扱いが本当に難しいのですわ〜！　今のワタクシには、とてもユクシーさんを抱え上げる余裕などないのですわ。

こうしてワタクシとユクシーさんは、ゆっくりと岩山を登っていきますわ。

しばらく登ると、岩山の中腹に休憩できそうな横穴を見つけましたので、ここで一休みすることにいたしましたわ。

「ふぅ、疲れましたわ……」

「疲れたね、シャーロットお姉さん」

ずっと浮いていると、地面のありがたみを感じられるようになりますわ。

「さて、ご飯にいたしましょう。……あら？　この横穴に、ちょうど昼食に良いモンスターさんがいらっしゃいますわね」

ワタクシ、モンスターさんの気配を感じて横穴の奥に進みますわ。

「見つけましたわ。あれは……クラゲ、でしょうか……？」

横穴の中に、何やら赤くてふわふわした風船のようなモンスターさんが浮かんでいらっしゃいますわ。宙に浮かぶ赤いクラゲ、とでもいうのでしょうか？　それが何体もいらっしゃって、不思議な光景ですわ……。

クラゲと違って目がありますけれど、どのモンスターさんもぼーっとした様子で外敵には無警戒の様子。動きも遅いですし、これはチャンスですわ。

「ワタクシの魔法の格好の的ですわ。〝プチファイア〟ですわ！」

ワタクシが火の魔法を放つと――

〝ボンッ！〟

クラゲモンスターさん、魔法が当たる前に爆発してしまいましたわ！

「どういうことですの!?　モンスターさんが自爆するだなんて……」

クラゲモンスターさんは跡形もなく消し飛んでしまいましたわ。

あんなモンスターさん、一体どうやって食べたら良いのでしょうか……？

「あれは〝ポップバルーン〟っていうモンスターでね、危険を感じると自爆する習性があるんだ」

と、ユクシーさんが教えてくださいましたわ。

「身を守るため……でしょうか？　でも自分もろとも爆発してしまっては、意味がないのではありませんこと？」

「ううん、あるんだ。外敵に『あのモンスターを食べようとすると痛い目に遭うぞ』って見せつけることで、仲間が外敵に狙われないようになるんだ」

「なるほど。近づくだけで爆発すると知ってしまうと、もう捕まえようとは思いませんものね」

食べると毒のあるモンスターさんと同じですわね。

ですけれども。

〝ぐううううぅ〟

それを聞いてますます、ワタクシお腹が空きましたわ。手に入らないものほど、美味しく見えるものなのですわ。

もとより、ワタクシは
・虫モンスターさん
・ネズミなどの雑菌を持っている可能性が高い不潔なモンスターさん
・人型モンスターさん
・人の言葉を喋《しゃべ》る知性あるモンスターさん
・無機物モンスターさん
以外のこの大陸のモンスターさん全てをコンプリートするつもりですもの。ここであのモンスターさんを食べるのを諦めたら、二度と夢には辿《たど》り着《つ》けませんわ。

「ワタクシ、なんとしてもあのモンスターさんを食べてみたくなりましたわ！」

「さすがシャーロットお姉さんだね！　もちろん私も協力するよ！　一緒に美味しいお昼ご飯を食

べようね」

「「えい、えい、おー！」」

早速作戦会議ですわ。

「私ね、ポップバルーンが自爆する前にトドメをさせば食べられると思うんだ」

「それは良い案ですわ。しかし、ワタクシの魔法では間に合いませんでしたわ。なにかもっと速い攻撃方法を考えなくてはなりませんわね」

「1つ私に考えがあるんだ。見ててね。ギフト【錬金術】発動」

ユクシーさんがギフトの力を使って、金属製の鎖を作り出しましたわ。そしてそれをハンマーに括《くく》り付《つ》けて、振り回し始めましたわ。

〝ブンブンブンブン〟

ハンマーの回転速度が十分速くなったところで――

「いっけぇ！」

ユクシーさんがハンマーを投げますわ。

〝ビュッ！〟

ハンマーは凄いスピードで飛んで行きますわ。ですが。

〝ボン！〟

ハンマーが届く寸前。ポップバルーンさんが爆発してしまいましたわ。

「あぁ……ダメだったよ……」

「今のは惜しかったですわユクシーさん」

あんなに速い飛び道具でも駄目ならば。

「こっそり近づくしかないですわね。〝ステルス〟ですわ」

「あ、無人島で見たシャーロットお姉さんの透明になる魔法だ」

ワタクシ、透明になったままポップバルーンさんにそーっと、そーっと近づいて。

後もう少し。というところで。

〝バキッ〟

足元で変な音がしましたわ。見ると、ワタクシ木の枝を踏んでいましたわ。

当然、ポップバルーンさんもワタクシに気付いたようで。

〝ボンッ！〟

爆発しましたわ！

「ゲホっゲホっ！」

爆発の衝撃は大したことないのですけれども、煙たいですわ～！

「普通は身体がバラバラになるくらいの威力があるはずなんだけど、シャーロットお姉さんならへっちゃらだね！」

ユクシーさんがよくわからないことをおっしゃっていますわ。

それからワタクシたちは、色々試しましたわ。

〝パラライズ〟の麻痺の粉を風に乗せて、遠くから麻痺させてみたり。

【錬金術】のギフトを使って、毒入りの餌を用意してみたり。ワイヤートラップを仕掛けてみたり。

しかし。

「失敗ですわ〜！」

「失敗しちゃったね……」

どれも、うまくいきませんでしたわ。

「そうですわ、あの魔法を試してみますわ」

コストパフォーマンスがよろしくないので、普段余り使わないあの魔法。いまこそ、あれの使い時かもしれませんわ。

「〝タイムストップ〟ですわ」

発動した瞬間、ワタクシ以外のものが全て停止しますわ。当然、ポップバルーンさんも。

ワタクシ、駆け足で近づきますわ。時間を止めてしまえば、自爆されることはありませんわ。そして、

「〝プチファイア〟ですわ」

魔法を当てて、ポップバルーンさんをお料理にすることに成功しましたわ！

現れたお料理は――

「スフレパンケーキ、ですの？」

予想外の物が出てきましたわね……。

色はポップバルーンさんと同じく赤色ですけれども。その他はまるきりスフレパンケーキですわ。

「パンケーキの材料の卵も小麦粉もありませんのに。不思議ですわ……」

　ここで魔法の効果時間は終了し、時間が動き出しますわ。

「ユクシーさん、〝ポップバルーン〟を倒しましたわよ！」

「あれ？　シャーロットお姉さん、いつの間にそんなところに？　それに、いつモンスターを倒したの？　全然見えなかった……」

「ワタクシ、少しの間魔法で時間を止めましたの」

「じ、時間を止めた……⁉」

　ユクシーさん、口を開けて驚いていますわ。

「冗談、だよね……？　いやでも、時間停止以外に今の瞬間移動は説明がつかない……⁇　シャーロットお姉さんがすごいのは知ってたけど、まさか時間を止められるなんて。本当にすごいよ！」

　ユクシーさん、はしゃいでらっしゃいますわ。そんなに時間停止の魔法は珍しいのですわね。

　魔法の素人のワタクシが使えるくらいですのでそんなに大した魔法ではないと思っていたのですけれども、意外ですわ。

「そんなことよりも、冷めないうちにいただきましょう」

　ワタクシはテーブルと椅子を出して、上にお皿を並べますわ。

　今回もユクシーさんの分のお料理も出現していましたわ。

「「いただきます！」」

　スフレパンケーキを口に運ぶと、

〝ふわあああああああぁ！〟

とっても柔らかな食感が口に広がりますわ！　これまで食べたどのスフレパンケーキよりも柔らかで、まるで雲でも食べているかのような気分ですわ。

フワフワですわ！

それでいてしっとりしていて、食感だけでもう大満足ですわ！

「それにこの甘み……まるでハチミツですわ」

普通のスフレパンケーキとは違って、生地にしっかりとした甘みがありますわ。

「きっと、ポップバルーンが花の蜜を主食にしているからそれの影響で甘いんだよ」

と、ユクシーさんが花に群がっているポップバルーンさんを指さしますわ。

超ふわふわの食感としっかりとした甘み。堪りませんわ！

パクパクですわ！

『モンスターを食べたことによりレベルが上がりました』

『ポップバルーン捕食ボーナス。魔法〝エクスプロージョン〟を修得しました』

そしてどうやらワタクシ、新しい魔法を使えるようになったようですわ。試してみましょう。

ワタクシ、岩山の横穴の出口に立って空中に向けて魔法を放ちますわ。

「〝エクスプロージョン〟ですわ！」

すると。

〝ドカアアアァン！〟

思った通り、空中で爆発が起きましたわ。

食材を爆発させて作る料理などありませんし、この魔法も使いどころが難しいですわね……。

こうして休憩と栄養補給を終えたワタクシ達は岩山登りを再開し、頂上へとたどり着きましたわ。

「意外と、広いんですわね……」

岩山の頂上には、思っていたよりも開けた空間が広がっていますわ。

「見つけた！　シャーロットお姉さん、あそこだよ」

ユクシーさんが指さす先。大きな木の陰に、鳥の巣のようなものがありましたわ。ただし、大きさが桁違いに大きくて、中に丸ごと一軒家が建ちそうなほどですわ。

「ワイバーンさんは、今はいらっしゃらないようですわね」

「そうだね。また水を飲みに行っているのか、それとも餌をとりに行っているのか。どっちにしても、今のうちに作戦を考えないとだね」

「正面から襲いかかっても、また前の時のように逃げられるだけですわ」

「うん。警戒心が強いみたいだし、逃がしたら最悪の場合巣を別の場所に変えるかもしれないね」

「それは困りますわ！　そんなことになったら、折角ここまで登ってきた苦労が全て水の泡ですわ！」

なんとしても、確実に仕留めませんと。

「それでね。私に案があるんだけど……」

ユクシーさんが私に耳打ちしますわ。

「……なるほど、それは良い案ですわね。それでいきましょう」

しばらくすると。

「来ましたわ！」

ワイバーンさんの気配が近づいてくるのが感じられますわ。

計画通り、ワタクシとユクシーさんはワイバーンさんの巣から少し離れた岩陰に隠れますわ。

ワイバーンさんがゆっくりと巣の横に着陸しようとしますわ。足が地面を踏み締めた、その瞬間。

〝ズボッ!!〟

ワイバーンさんの足元の地面が急に陥没しますわ。

「やった、うまく作動した！」

あれはユクシーさんが【錬金術】を応用して作った罠《わな》ですわ。地面の表面はそのままに、中身をスカスカにしておいたのですわ。そこに着地すると、体重で一気に地面が抜けるという仕組みですの。

狙い通り、ワイバーンさんの下半身が地面にすっぽり埋まっていますわ。

『ゴアアアァ！』

ワイバーンさんは翼をバタバタさせて暴れますけれども、飛び上がれませんわ。あの落とし穴の中には、ユクシーさんが【錬金術】で作った鎖が仕込まれていますの。ワイバーンさんが落とし穴に落ちると、穴の中で鎖が絡みつく構造になっているのですわ。

「流石ですわユクシーさん！　あとはワタクシに任せてくださいまし！」

ワタクシは、動けなくなったワイバーンさんに近づきますわ。

『ゴアアアァ！』

ワイバーンさんは怒った様子で、ワタクシに向かって火の玉を吐き出してきますわ。

〝パシンッ！〟

前にお祭りの会場でお会いしたときと同じように、ワタクシは火の玉を手で弾《はじ》き飛《と》ばしますわ。

「熱――くはありませんわね」

前に火の玉に触ったときには、紅茶が手に掛かってしまったのと同じくらい熱かったと記憶していますけれども。今は全然熱くありませんわ。飲み忘れて10分ほど放置してしまった紅茶のようなぬるさですわ。

これでしたら、手で弾き飛ばす必要さえありませんわね。

ワタクシは落ち着いてゆっくりとワイバーンさんに近づきますわ。

『ゴアアアァ！』

ワイバーンさんは何回も火の玉を吐き出してきますけれども、どれもやはり全然熱くありませんわ。エサを食べ損ねてお腹がすいて力が出ないのでしょうか？

「ワイバーンのブレスをものともしないなんて！　シャーロットお姉さん格好良いよ～！」

後ろで見守ってくださっているユクシーさんも楽しそうですわ。

ワタクシは何度もぬるい火の玉を浴びながら、ワイバーンさんの目の前まで近づきますわ。この距離なら、外す心配はありませんわ。

「〝プチファイア〟ですわ！」

『ゴアアアアアアアアァ！』

ワイバーンさんは、叫び声を上げながら炎に包まれますわ。

そして、できあがったお料理は……。

「シチューですわ！」

大きなお皿に入った赤ワイン入りのシチュー。とっても良い香りですわ！

「さぁ、早速頂きましょうユクシーさん！」

ワタクシは、テーブルと椅子を並べて急いで支度を整えますわ。

早く、早くこのシチューを食べたくて仕方ないのですわ！

「「いただきます!!」」

早速ワタクシ、ワイバーンさんのお肉を口に運びますわ。

「なんて歯ごたえのあるお肉……！」

ワタクシ、なぜ今回のお料理がシチューだったのか理解できましたわ。

焼いただけではワイバーンさんのお肉は硬すぎて食べられないのですわ。じっくりとシチューにして煮込むことで、柔らかくなって食べられるようになるのですわ。

「牛のすね肉の旨味を更に濃縮したような味ですわ！」

牛のすね肉というのは、とても硬くて筋張っていて、その分旨味がたっぷり詰まっているお肉なのですわ。

このワイバーンさんのお肉は、更に硬くて旨味がギッチギチに詰まっていますの。

噛《か》めば噛むほど、旨味が出てくるのですわ。

と言うよりも……。

「旨味が、無限に出てきますわ……！」

お肉を何度噛んでも、旨味が一向に減らないのですわ。

このシチューの旨味は、牛のお肉に換算すれば一体牛何頭分の旨味になるのか。想像もつきませんわ～！

「シャーロットお姉さん！　私、こんなに美味しいシチュー初めて食べた！」

ユクシーさんも満面の笑みを浮かべながらお肉を噛んでらっしゃいますわ。

ワタクシ達は、至福の時間を噛みしめますわ。

パクパクですわ！

「今回も大変美味でしたわ……！」

たった1皿ですけれども、歯ごたえたっぷりのお肉だったからか、高級レストランのフルコースを2周したかのような満足感ですわ。

『ボスクラスモンスター〝レッドワイバーン〟を食べたことによりレベルが5上がりました』

『レッドワイバーン捕食ボーナス。魔法〝ヒートストーム〟を修得しました』

そしていつもの耳鳴りですわ。

「シャーロットお姉さん、私またレベルが1つ上がっちゃった！」

ワタクシは今回のお料理を食べてレベルが3上がりましたけど、ユクシーさんは1だけ。どうやらユクシーさんのレベルは、食べた料理の種類にかかわらず1だけ上がるようですわね。

「さて、せっかく魔法を覚えたので試してみたいですわ」

ちょうど、近くに巨大なトカゲのようなモンスターさんがいるのを見つけましたわ。大きさはワタクシよりもやや大きいくらい。実験台としてふさわしいサイズですわね。

「〝ヒートストーム〟ですわ」

〝ビュオォ！〟

熱風が巻き起こり、トカゲモンスターさんを包み込みますわ。

『ギョワ!?』

トカゲモンスターさん、困惑してらっしゃいますわね。

〝ビュオオオオォ！〟

熱風が勢いを増して、トカゲモンスターさんの周りを竜巻のように包み込みますわ。

そして風が止《や》むと。

トカゲモンスターさん、完全に乾燥しきっていますわ。骨にカピカピになった肉と皮膚が張り付いているだけの、干物のような姿。

「これは食べられませんわね……」

〝サラサラサラ……〟

触ると崩れて、チリになって消えてしまいましたわ。残っているのは爪だけ。

「もったいないことをしてしまいましたわ。どうやら〝ヒートストーム〟は熱風で相手を包み込んで水分を奪い取る魔法のようですわね」

食材を乾かして作るお料理……果物モンスターさんが出てきたらドライフルーツでも作れますでしょうか？

「シャーロットお姉さん、討伐証明部位を回収したよ！」

ユクシーさんが、笑顔でワイバーンさんの牙を持ってきますわ。

「これを冒険者ギルドで見せたら、クエストの報酬がもらえるんだ」

「ありがとうございますユクシーさん。それでは、帰るといたしましょう！」

こうしてワタクシとユクシーさんは、無事にワイバーンさんを倒して帰路についたのでしたわ。

シャーロット・ネイビー　ＬＶ１２２
◇◇◇パラメータ◇◇◇
○ＨＰ：１０５／１０５　○ＭＰ：１６９／１６９
○筋力：90　○魔力：１４２
○防御力：１１５（＋ボーナス１４９）　○敏捷：77
◇◇◇スキル◇◇◇
○索敵ＬＶ８　○オートカウンター（レア）

○無限アイテムボックス（レア）
○状態異常完全遮断（レア）
○全属性魔法耐性（レア）
○オートヒールLV10
○ナイトビジョン
○防御力ブースト
○パーティーリンク

◇◇◇使用可能魔法◇◇◇

○プチファイア
○プチアイス
○パラライズ
○ステルス
○ファイアーウォール
○トルネード
○ウォーターショット（威力＋4）
○バブル
○グラビティプレス
○タイムストップ
○ウインドカッター
○エンゼルウイング
○エクスプロージョン［Ｎｅｗ‼］
○ヒートストーム［Ｎｅｗ‼］

第三章　新しい仲間ですわ

「かんぱ～い！」

ワタクシとユクシーさんは、祝勝会を開いていますわ。

場所はワタクシの家のある街。

少し奮発して、前から気になっていた、平民が入れる中では一番高いクラスのレストランでディナーを食べていますわ。

なんとユクシーさんも、最近妹さんのリハビリが受けられる病院を探してこの街に引っ越してきたのだそう。妹想《おも》いのいいお姉さんですわ。

「ワイバーン討伐クエストの報酬金だけど、シャーロットお姉さんの分は冒険者ギルドで預かってもらってるからね」

「報酬金？　クエストでは、報酬をお金で頂けますの？」

「知らなかったの、シャーロットお姉さん？　冒険者ギルドで受けられるクエストの報酬は、現物の時もたまにあるけど現金のことの方が多いよ」

「全然知りませんでしたわ……」

レストランが提供しているサービスの一部ですもの。報酬はレストランの割引券か何かだと思っておりましたわ。

「ユクシーさん、ワタクシ〝クエスト〟というものがよく分かっていないようですわ。もっと教えてくださいますこと？」

「もちろん！　クエストっていうのはね……」

ユクシーさんによると。クエストとは、レストラン〝冒険者ギルド〟で受けられる依頼のこと。

冒険者ギルドがクエストを出すこともあれば、街に住む色々な人が冒険者ギルドにクエストを持ち込み、冒険者ギルドがクエストを受ける人を探すということもあるそうですわ。

レストラン〝冒険者ギルド〟、変わった事業形態ですわ～。

とはいえ、モンスターさんというのは魔法が1回当たると死んでしまうか弱い生き物。頂ける報酬など、小銭程度でしょう。

モンスターさんを倒した報酬は冒険者ギルドで預かっておいて頂けるとのことなので、まとまった額になった頃に一括で受け取ることにいたしますわ。小銭を引き出す度にウェイトレスさんにお時間を頂くのも申し訳ないですし。

「それにしても、ワイバーンの討伐クエストに成功して本当に良かった～！　シャーロットお姉さんの力がなかったらワイバーンは倒せなかったよ。本当にありがとうね、シャーロットお姉さん」

「それはワタクシも同じですわ。ユクシーさんの罠《わな》がなければワイバーンさんには逃げられてしまいましたもの。それに、ユクシーさんと一緒の旅はとても楽しかったのですわ！　できれば、これからもずっと一緒にモンスターさんを狩りに行きたいくらいに」

「シャーロットお姉さん、もしかしてそれって……冒険者パーティー結成の誘い？」

「冒険者パーティー？」

なんだか楽しそうな名前ですわね。

「一緒にモンスターを狩りにいくチームのことだよ」

「まぁ、それは素敵ですわ。ユクシーさん、ワタクシとパーティーを組んでくださいます？」

ワタクシが提案すると、ユクシーさんは顔を輝かせて。

「よろしくね、シャーロットお姉さん！」

と元気いっぱいに応えてくださいましたわ。

「では改めて。パーティー結成を祝して」

「「カンパーイ!!」」

ワタクシとユクシーさんはグラスを軽く当てて、喜びを分かち合いますわ。

ユクシーさんと一緒の旅なら、これからもきっと楽しくなるはずですわ！

「シャーロットお姉さんの魔法と私のサバイバル能力があれば何でもできるね！　早速だけど、パーティーの活動方針はどうしよう？　シャーロットお姉さんは、何かしたいこととか目標はある？」

「ワタクシには、
・虫モンスターさん
・ネズミなどの雑菌を持っている可能性が高い不潔なモンスターさん
・人型モンスターさん

・人の言葉を喋《しゃべ》る知性あるモンスターさん
・無機物モンスターさん
を除いて、〝この大陸のモンスターさんを全て食べる〟という夢があるのですわ。ユクシーさんには、何か目標はありますの？」

「私はね……妹のエレナのためにとにかく沢山お金を稼ぎたいんだ。エレナはずっと病気で寝たきりだったから、日常生活に戻れるようにリハビリ中でお金がかかるし」

「大変ですわね」

「それに今の家は狭くて窮屈だから、もっと大きくて清潔な家に住ませてあげたいし」

「分かりますわ、そのお気持ち」

「それにエレナは病気になる前は泳ぐのが好きだったんだ。だから庭にプールがあるくらい大きな家を用意してあげたいんだ」

「素敵ですわ！　夢は大きいほど良《い》いですもの！」

「それと、本を読むのも好きだったたから家に図書館も付けてあげたいな。それに、動物が好きだったから動物園も作ろう！」

「それは夢が大きすぎませんこと⁉　そんなの、いくらお金があっても足りませんわよ⁉」

「そう、お金はいくらあっても足りないんだよシャーロットお姉さん。だから、あちこちに行ってモンスターを狩って狩ってお金を沢山稼ぎたいんだ！」

ユクシーさん、元気に拳を突き上げなさいますわ。

なんだかやや行き過ぎている節があるようにも思えますけれども、ユクシーさんがとても妹さん想いだというのはよく分かりましたわ。

「ああ、話してたら早くお金を稼ぎたくなってきちゃった！　シャーロットお姉さん、次にどんなクエストを受けるか打ち合わせしよう！」

ユクシーさん、やる気満点ですわね。

「ユクシーさんを見ていたらワタクシもなんだかやる気が出てきてしまいましたわ。さぁ、どんなクエストを受けましょうか？」

「クエストはね、結構受注が難しいんだよ」

「難しい？　ただ倒したいモンスターさんを選ぶだけではありませんの？」

ワタクシが聞くと、ユクシーさんは首を横に振りますわ。

「どのモンスターに遭遇できるかは運が絡むからね。基本的に、メインターゲットのモンスター1種類を選んで、その近くに棲《す》んでいるモンスターの中から実力にあったものを2～3種類選ぶのが定番かな。全部こなすんじゃなくて、クリアできなかったクエストは違約金を払うつもりで多めに受けておくのがポイントなんだ」

なるほど。意外と奥が深いですのね……。

「私はクエストを受け慣れてるから、クエスト受注関連の作業は任せて欲しいな。シャーロットお姉さん、何かメインにしたいクエストはある？　あ、モンスターを倒すクエストだけじゃなくて採取系クエストもあるよ」

「採取系クエスト？　なんですのそれは？」

「モンスターを倒すんじゃなくて、貴重な鉱石とか植物を採ってくるクエストのことだよ。有名なのは薬草採取かな。回復ポーションの材料になる草を摘んでくる、初心者に人気のクエストなんだ」

「そんなものもありますのね。存じませんでしたわ」

「簡単なものだけじゃなくて、難易度が高い採取クエストもあるよ。シャーロットお姉さん、このお店の名物スイーツを知ってる？」

「もちろんですわ。期間限定スイーツ〝氷結果実のパフェ〟ですわ」

珍しい果物〝氷結果実〟を使った、とても美味《おい》しくて有名なスイーツですわ。毎年、決まった期間にしか食べられない貴重なパフェですの。

「ワタクシ、何としても食べたいと思っておりますわ。もうすぐ予約開始のはずですし――」

「申し訳ありません、今年は氷結果実のパフェは取り扱いが無くなりました」

声をかけてきたのは、通りかかったこのレストランの店長らしき方ですわ。

「……いま、何とおっしゃいましたの？」

「毎年氷結果実を買っている商人ギルドから今しがた、『氷結果実の群生地がモンスターに荒らされて今年は仕入れられない』という連絡が入りまして。今年は氷結果実のパフェの提供は中止することとなりました。大変申し訳ありません」

「そ、そんな……」

店長さんは悲しそうな背中で、『氷結果実のパフェ取り扱い中止』のポスターを店内に貼り付けなさいますわ。

「商人ギルドがこれまで仕入れていた以外にも氷結果実の群生地はあるという噂《うわさ》は聞いているのですが……採取難易度が高いらしく。私もすがる思いで冒険者ギルドの方に採取クエストを出しておりますが……」

店長さんは、とぼとぼと去っていきましたわ。

「……ユクシーさん。ワタクシ、受けたいクエストができましたわ」

ワタクシはテーブルの下で拳を握りますわ。

「ワタクシ、何としても氷結果実を採りにいきたいですわ！」

「さんせーい！」

こうしてワタクシ達《たち》は、氷結果実の群生地を目指すことに決めたのですわ。


「久しぶりの！　街の英雄シャーロットさんの武勇伝を紹介する会です！」

「「待ってました〜！」」

夜の冒険者ギルドに、大勢の冒険者が集まっている。

中央にいるのは、いつもの受付嬢だ。

シャーロットが初めて冒険者ギルドを訪れ、強力なモンスター〝グランドボア〟を1人で討伐してクエスト報酬を受け取らなかったあの日から、受付嬢がシャーロットの武勇伝を語り聞かせるのが冒険者ギルドでの人気イベントになっていた。

「まずはこちら！　どーん！」

受付嬢が山のような資料を机の上に載せる。

「これらはすべて、冒険者ギルドミウンゼル支部に保管されていた、あるモンスターに関する資料です」

内容を見て、冒険者達は息を呑《の》む。

「なになに？　『推定全長140メートル。3つの頭それぞれが、ワイバーン以上の破壊力のブレスを放つ』……おいおいおい！　こんなモンスターが実在するのかよ！」

「信じられねぇ。嘘《うそ》だって言ってくれよ！」

「『討伐には、最低でも戦艦5隻、ゴールド級冒険者100人が必要。そして、その半分は生きて帰って来られないだろう』だって。こんなモンスター、絶対相手にしたくないぜ！」

冒険者達は、揃《そろ》って恐怖を口にする。

「ここにある資料はすべて、万一そのモンスターが海を渡ってきた際の迎撃の計画です。しかしシャーロットさん、プラチナ昇格試験の〝ついでに〟このモンスターを1人で討伐してしまいました！」

「うおおおおお！」

「さすがシャーロットさんだぜ！」

「もう俺達の街だけの英雄じゃなくなっちゃったんだなシャーロットさんは！」

冒険者ギルドが沸き上がる。

「というわけで！　シャーロットさんのおかげで！　この迎撃計画は不要となりました！　この資料ももう全部不要だそうです！　そーれ！」

受付嬢が紙束をまとめて暖炉に放り込むと、拍手が部屋中に満ちる。

「しかし、1つ不明なことがあります。シャーロットさんが倒した後、牙1本以外の素材が見つかっていません。ミウンゼル支部の担当職員だけが知っているそうですが、『話してもどうせ信じてくれないさ』と言って外部には語られていないそうです。一体シャーロットさん、あれほどの大きさのモンスターをどこにやってしまったのでしょう？」

「そりゃ簡単だぜ！　きっと、切り分けてモンスターの生態研究所に寄贈したんだ」

「研究のためにホルマリン漬けにしてアイテムボックスの中に保管してるって線もあるな」

「思慮深いシャーロットさんのことだ。良質な部位だけを使って、武器や防具を作成していると俺は思う。ああ、余ったところを俺にも分けて欲しい。あれほどのモンスターの素材で作る武器は、きっと最高の性能だろうからな！」

集まった冒険者達は思い思いに推測を口にする。

「案外、から揚げにして食っちまってたりしてな。なんつって！」

という1人の冒険者の冗談は、誰にも突っ込みさえされず流されていった。

「そして！　シャーロットさんの活躍はこれだけではありません！　昨日、たった2人でのワイバーン討伐を成し遂げました！　感覚が麻痺《まひ》しているかもしれませんが、これも十分過ぎる偉業です！　そして……」

そこで受付嬢は咳払《せきばら》いする。

「なんと！　シャーロットさんがパーティーを結成したのです」

「「「なんだって⁉」」」

冒険者ギルドを、今日一番の衝撃が駆け抜ける。

「相手は誰なんだ⁉　どんなやつなんだ⁉」

「チクショウ俺がパーティーに誘われたかったのに……先を越された……！」

「馬鹿言え、お前なんかじゃ釣り合うわけないだろ。それで一体どんな人がシャーロットさんに選ばれたんだ⁉」

「コホン。誰がどのメンバーとパーティーを組んでいるというのは公開情報ですので、明日にも貼り出されますが。シャーロットさんが選んだのは、シャーロットさんと同い年でプラチナランク最年少記録を更新した、ユクシーさんという冒険者です」

「ユクシーか。聞いたことがあるな……」

1人のベテラン冒険者がつぶやく。

「地方の街で、病気の妹を助けるためにギフトに目覚める前から冒険者としてダンジョンに潜っていた獣人の女の子らしい。ギフト無しでも滅法強くて、その街では大人でも敵《かな》わないって噂を聞いたな」

「病気の妹のためか、健気《けなげ》で良い子だなぁ……！」

「さすがシャーロットさんのパーティーメンバー。経歴が凄《すご》いなぁ」

「俺達じゃやっぱ到底シャーロットさんの隣に立つには足りねぇや」

こうして今日も、冒険者ギルドはシャーロットの話題で盛り上がるのだった。


ユクシーさんとパーティーを結成した翌日。ワタクシ達は早速、氷結果実の群生地があると噂の〝ゴーレムの森〟へとやって来ましたわ。

ここまでくるまで馬車で丸1日。なかなかの遠出ですわ。

「「氷結果実探しにしゅっぱーつ（ですわ）!!」」

森に足を踏み入れると、素晴らしい光景が広がっていましたわ。木々は蒼《あお》く透き通っていて、まるで氷で出来ているかのよう。

街の近くにある森とはまた雰囲気が違った、静かで美しい森ですわ。

ここにいると、まるで時間がゆっくり流れているように感じられますわ。

「シャーロットお姉さん、昨日クエストを受けたときに『この森の一番奥地に氷結果実が生えていることは冒険者ギルドでも確認できている』って教えてもらったよ！」

「それはよかったですわ〜！　森の奥にまで行って、氷結果実が無かったら悲しいですもの」

「でも、道中にモンスターが沢山いて取りに行くのが凄く大変なんだって。実力があるパーティーでも、ゴーレムの森の氷結果実採取は割に合わないから避けちゃうらしいよ」

「それは裏を返せば、氷結果実を採取しに行くライバルが少ないということですわね？」

「そうだよ！　それにシャーロットお姉さんのアイテムボックスは物がたくさん入るから、一度に沢山氷結果実を採取できて割の良いお仕事になるよ！」

「なるほど、さすがユクシーさん。しっかり計算してらっしゃいますわ〜！」

その時。

「あら？　今、モンスターさんの気配がしたような……？」

「え？　どこどこ⁉」

ワタクシ辺りを見回すのですけれども、何もありませんわ。見えるのは、蒼くて美しい木々と岩だけ。

「なんなのでしょう、あの岩からモンスターさんの気配がしますわ」

と、ワタクシが指さすと。

〝ゴゴゴ……〟

「う、動きましたわ⁉」

見ているうちに、なんと岩が起き上がりましたわ。その姿は、岩で出来た巨人とでも言うべきでしょうか？　背丈はワタクシの倍はありますし、とても迫力がありますわ。

「シャーロットお姉さん、あれはゴーレムっていうモンスターだよ！　魔力の影響で、岩が動き出したんだ」

「動く岩ですって⁉」

不思議なモンスターさんですわ。無機物のモンスターさんがいるとは聞いていましたけれども。お会いするのは初めてですわ。

以前墓地でお会いしたガーゴイルさんは、肉が岩のように固い生き物ということでしたけれども、こちらは岩そのもの。

「シャーロットお姉さん、【モンスターイーター】の力があっても流石《さすが》にゴーレムは食べられないよね？」

「無理だと思いますわ……。どんな魔法でゴーレムさんを倒しても、お料理になるとは思えませんもの。とてもやる気が起きませんわ」

とは言え、ゴーレムさんの方は、

〝オオオオォ‼〟

とやる気をみなぎらせてこちらへ突撃してきますわ。

気乗りしませんけれども、倒すほかありませんわ……。

「〝プチファイア〟ですわ」

ゴーレムさんは炎に包まれて、砕け散りなさいましたわ。

そして後に残ったのは――

「やはり岩の塊ですわね」

「そう、岩なんだ。元々地面に転がっている普通の岩とどうやっても見分けがつかないから、討伐した証明にもならないんだ」

「そうですの。それは困りましたわね」

ワタクシが辺りを見回すと、至る所にゴーレムさんがいらっしゃいますわ。とはいえ、迂闊《うかつ》に近寄らなければあちらから積極的に襲ってくることもないご様子。

しかし。

「この森、本当にゴーレムさんしかいらっしゃいませんわね……」

「そうだね。こんなに他のモンスターがいないとは思わなかったなぁ」

ずいぶんと歩きましたけれども、ゴーレムさん以外のモンスターさんを全く見かけませんわ。

そしてゴーレムさんにはなるべくこちらから近寄らないようにしていますけれども、時々どうしても道を塞いでいて避けられない時もありますわ。

そういった時はワタクシが〝プチファイア〟で倒しながら進んでいますの。

「お腹《なか》が空きましたわ……」

「お腹空いたね、シャーロットお姉さん。食料はもっと沢山用意してくるべきだったね」

森の中での食事はほとんどモンスターさんを食べるつもりでしたので、アイテムボックスの中の保存食は1日分しか用意しておりませんわ。

ユクシーさんの見立てによれば、森の奥まで行って帰ってくるまでに掛かる時間は丸1日。

途中で食料が補給できないと、全く余裕がありませんわ。

「どころか、途中で道に迷って時間を無駄にすると食料が足りなくなるのではありませんの……？」

ワタクシが恐ろしい事実に気づいてしまったその時。

「しつこいわね！　付いてくるんじゃないわよ！」

森の中で、女性の悲鳴が響きますわ。それに、恐らくゴーレムさんの〝ドスンドスン〟という沢山の足音も。

「なんでしょう……？　とりあえず、助けに行きますわよ！」

「うん！」

ワタクシとユクシーさんは走り出しますわ。

悲鳴の元へ追いつくと。ワタクシと同じくらいの年齢の女性が、沢山のゴーレムさんに追いかけられている所でしたわ。その数、10以上。こちらから近づかなければ襲ってこないゴーレムさんが、どうしてあんなに沢山集まって女性を追いかけているのでしょう？

「きゃあ！」

追いかけられていた女性が、木の根に躓《つまず》いて転んでしまいますわ。

「こ、来ないでよ……！」

女性は尻餅をついたまま、追いかけてくるゴーレムさん達を青い顔で見上げていますわ。

モンスターさんが見かけ倒しのか弱い生き物とはいえ、怖がっている方を放っておく訳にはいきませんわね。

「今助けるね！　いくよ！」

女性を襲っているゴーレムさんの群れに向かって、ユクシーさんが突撃。ジャンプして1体のゴーレムさんの肩に飛び乗り、ハンマーで頭をたたき壊しなさいますわ。

〝ずずぅん……〟

頭を失ったゴーレムさんが大地に倒れ込みますわ。

「まだまだ～！」

ユクシーさんがジャンプして、別のゴーレムさんの頭に着地。ハンマーで破壊して、また次のゴーレムさんの上に飛び乗りますわ。

ぴょんぴょんと飛び移りながら、次々とゴーレムさんを倒していきますわ。

「す、すごい……何よあの身のこなしは」

追いかけられていた女性も、目を丸くしてらっしゃいますわ。

ワタクシも、見ているだけというわけにはいきませんわね。

「〝プチファイア〟ですわ！　こっちにも〝プチファイア〟ですわ！」

魔法を連発して、ゴーレムさん達を倒していきますわ。

ワタクシとユクシーさんが力を合わせた結果、あっという間にゴーレムさん達を全て倒すことが出来ましたわ。

「アンタ達、何者よ……。ゴーレムをあんなに軽々倒すなんて、信じられないわ」

そう言って、ゴーレムに追いかけられていた女性が立ち上がりますわ。

凛々《りり》しいつり目が印象的な、端整なお顔の方ですわ。銀の髪もとても綺麗《きれい》で、木漏れ日を受けてきらめいていますわ。

身にまとっているのは、宵闇のような黒いドレス。それが大理石のように白いお肌を引き立たせていますの。スタイルも大変よくて、羨ましくなってしまうほどですわ。

「お怪我《けが》はありませんこと？」

「ええ。おかげさまで無事よ。アタシはアリシア・ウィンザー。助けてくれたこと、お礼を言うわ」

「ワタクシはシャーロット・ネイビーですわ。よろしくですわアリシアさん」

「私はユクシー・サラーティ。よろしくね」

　ワタクシ達は互いに名乗りますわ。

「アリシアさんも氷結果実の採取をしにいらしたのでしょう？　よろしければ、森の奥まで一緒にいきませんこと？　さっきみたいにゴーレムさんに襲われても大丈夫ですわ。良いでしょうか、ユクシーさん？」

「もちろんだよ！」

「……助けてくれたことについては感謝してるわ。でも、一緒には行けない。アタシなんかと一緒にいると、悪いことが起きるわよ」

「？　悪いこと、とはなんでしょう？」

「それは言えない。とにかく、これ以上アタシに近寄らない方が良いわ」

　言いたくないことを無理に言わせるのは良くありませんわね。この件についてはこれ以上聞かないことにいたしましょう。

　その時、ワタクシはモンスターさんの気配を感じ取りましたわ。

「お二方とも、お静かに。モンスターさんが近づいてきていますわ」

ワタクシが身を屈《かが》めると、２人も同じように物陰に隠れなさいますわ。

「ゴーレムさんとは違う気配……。そしてこの、独特のステップの動き方……。分かりましたわ！　近づいてくるのは、シルバーホーンさんですわ」

「やったぁ！　シルバーホーンだ！」

ユクシーさんも嬉《うれ》しそうに物陰に隠れたままハンマーを構えますわ。

〝シルバーホーン〟。プラチナ昇格試験の時の無人島に生息していた、銀の角を持つ鹿モンスターさんですわ。

あの時のお肉、とっても美味しかったのですわ。

ゴーレムに襲われていたアリシアさんを助けていて忘れていたのですけれども、ワタクシ達今とってもお腹が空いているのですわ。ここでなんとしてもシルバーホーンさんを倒して、美味しく頂きたいですわ！

「しかし不思議ですわ。シルバーホーンさん、ワタクシ達の方へ一直線に向かってきますわ。近くに他にモンスターさんの気配はありませんから、天敵から逃げてきているということはないと思いますわ」

「不思議だね。まるで、何かに引き寄せられてるみたいだ」

「……」

ワタクシとユクシーさんの会話を聞いていたアリシアさん、何やら苦い顔をしていらっしゃいますわ。

そうしている間にも、どんどんシルバーホーンさんの気配が近づいてきますわ。

あと少し近づいてきたら、ワタクシは物陰から飛び出して〝タイムストップ〟で時間を止めて、〝パラライズ〟で動けなくするつもりですわ。完璧な作戦ですわ。

「今ですわ！　〝タイムストッ――きゃあ！」

ワタクシ、木の根っこに躓いて転んでしまいましたわ！

シルバーホーンさん、ワタクシ達に気づいて慌てて逃げていきますわ。

「待てー！」

ユクシーさんがハンマーを投げつけますけれども、シルバーホーンさんは華麗なステップでそれをかわして、悠々と逃げていきますわ。

ワタクシが転んだ姿勢から立ち上がった時には、はるか遠くに行ってしまいましたわ。とても追いつけそうにありませんわ。

「うう、残念ですわ……」

そこでアリシアさんがため息をついて。

「アンタ達、あのモンスターを仕留めたいのね？」

両手で何かの構えを作りますわ。左手を水平に突き出して、右手は引いて。その構え、どこかで見たことがあるような……？

「〝ブラックアロー〟」

アリシアさんの手に、黒い弓と矢が現れましたわ。

「行け！」

アリシアさんの黒い矢が木々の隙間を縫って飛び、左右に跳び跳ねるシルバーホーンさんの頭を正確に撃ち抜きましたわ。

シルバーホーンさんはその場に倒れてしまいましたわ。

「よし、当たった！　……じゃなくて。アタシにかかれば鹿モンスターくらい朝飯前よ」

「お見事ですわアリシアさん！」

「アリシアさんすごいね！　左右に跳ねるシルバーホーンをこんな遠くから仕留めるなんて！」

「ふん。これでもね、小さい頃から弓矢の修行してたのよ。……それよりも、他に言うことがあるんじゃないの？　気づいてないわけじゃないでしょう？」

アリシアさんが、左手に持っている魔法でできた黒い弓を見せつけますわ。そういえば、その弓の形には見覚えがありますわ。

「そういえばアリシアさんのその弓、聖女様が使っているものとそっくりですわね。色は真反対ですけれども」

「その通り。アタシは【聖女】の出来損ない。聖女の一族に、ごく稀《まれ》に生まれる【黒の聖女】。聖女と反転した性質のギフトを持つのよ」

「反転、と言うことは……？」

「【聖女】がモンスターを寄せ付けない結界を張るのの逆で、【黒の聖女】はモンスターを引き寄せる力を持つ。しかも、アタシは力が強すぎて身体《からだ》から常にあふれ出てるから、居るだけでモンスターを引き寄せるのよ」

　そう言って笑うアリシアさんは、どこか悲しそうですわ。

「あの鹿モンスターの素材はあげるわ。ゴーレムの群れを追い払ってくれたお礼ってことで。それじゃ、さよなら」

　アリシアさんは立ち去ろうとしますわ。

「アリシアさん、お待ちになってくださいまし」

「何よ？　まだ何か用があるの？」

「ありますわ。ワタクシ、アリシアさんにお礼を言いたいのですわ」

「だから、鹿モンスターを倒したのはゴーレムから助けてくれたお礼で、感謝されるようなことじゃ……」

「違いますわ。モンスターを引き寄せてくれたことにお礼が言いたいのですわ」

「……はぁ⁉」

　アリシアさん、困惑してらっしゃいますわ。

「ワタクシもユクシーさんも、お腹が空いていて困っていたのですわ。アリシアさんのモンスターを引き寄せる力のお陰で、ワタクシ達は美味しいご飯を食べることが出来ますわ」

「ば、馬鹿じゃないの⁉　モンスターを引き寄せる、アタシみたいな忌まわしいギフトの力に感謝なんて！　おべっかも大概にしなさい！　こんな聖女の出来損ないのご機嫌を取ったところで何もいいことなんてないわよ」

アリシアさん、顔が少し紅《あか》くなってらっしゃいますわ。

「シルバーホーンを持ってきたよ、シャーロットお姉さん！」

ユクシーさんが、頭を射貫《いぬ》かれたシルバーホーンさんを引きずって持ってきてくださいましたわ。

「では、ご飯にいたしましょう。さぁ、アリシアさんもご一緒に」

「アタシは結構。モンスターを食べることに抵抗はないけど、お腹なんて空いてないし」

と言った時。

〝ぐうううぅ〟

アリシアさんのお腹が鳴りましたわ。

「……お腹、空いてらっしゃいますよね？」

「ああもう、わかったわよ！　ありがたくご一緒させてもらうわよ！」

こうして、アリシアさんと一緒に食事することになりましたわ。

ワタクシの魔法でモンスターさんを倒すと、最近ユクシーさんの分のお料理も出てくる様になりましたわ。けれども、一体どうしてユクシーさんの分までお料理が出てくるのかは分かっておりませんの。もしシルバーホーンさんをワタクシの魔法で倒していたら、アリシアさんの分のお料理が出てこなかったかもしれませんわ。

と、ワタクシがそんなことを考えている間に。ユクシーさんは火を起こしたりシルバーホーンさんを解体したりして、手際よく準備を進めてくださいますわ。

〝じゅわあああぁ……〟

金網の上で、シルバーホーンさんのお肉が美味しそうに焼けますわ。

「「「いただきます」」」

ワタクシ、シルバーホーンさんのお肉を口に運びますわ。無人島で食べたときと同じ、牛肉とも豚肉とも違う風味が堪《たま》りませんわ。ユクシーさんによる味付けも絶妙で、いくらでも食べられてしまいそうですわ。

「あら。モンスターってこんなに美味しいのね。知らなかったわ」

そして、アリシアさんにもお食事を楽しんでいただけているようですわ。

「アリシアさん、モンスターを食べるのは初めてですの？」

「ええ。というか、モンスターの生息地に1人でくるのも初めてなのよ。つい3日前このギフトを授かって、『お前のような忌まわしい力の持ち主は聖女の一族に居てはならない』って聖女の一族から追い出されたばっかりだから」

「そんな、ひどい……！　でもアリシアさん、初めてでいきなりゴーレムの森に入るのは、危ないよ」

「うう。わかってるわよ。実家を追い出されて、『とにかくあのクソ実家から離れたところに行きたい！』って思って。持ち出したお小遣いを全部使って来られる一番遠い馬車駅がここだったのよ。森の奥でお金になる果物が採れるって聞いて、森に入ったらこのザマよ。自暴自棄になってたのは認めるわ」

アリシアさん、顔を背けてしまいましたわ。

「でも、ここまで来たんですもの。せっかくですから、氷結果実の生えているという噂の最奥までご一緒しましょう？」

「……分かった、そうさせてもらうわ」

こうして、アリシアさんと一緒にこの森の最奥へ向かうことになりましたわ。

それからの探索は、少し賑《にぎ》やかになりましたわ。

なにせ、さっきまでは近づかなければ何もしてこなかったゴーレムさん達が、今はあちらから襲いかかってくるのですもの。

ですが。

「〝プチファイア〟ですわ」

近づいてきた端から魔法で倒しますわ。

この程度の手間、何でもありませんわ。

ということを繰り返していると、開けた場所に出ましたわ。

そして、そこには大きな川が流れていましたわ。

「見事な川ですわね」

「深さもあるね。とても歩いて渡れそうにないよ、シャーロットお姉さん」

ワタクシは〝バブル〟という泡のドームを作る魔法が使えますわ。あの魔法を使えば池や海の底を歩くことができるのですわ。

しかし。流れの速い川で使うと、水の流れを受けてどんどん下流の方に流されてしまうことでしょう。使うわけには行きませんわ。

「こんなこともあろうかと。ワタクシ、ちゃんと準備してきたのですわ」

ワタクシは、アイテムボックスから用意していた手漕《てこ》ぎのボートを引き出して水面に浮かべますわ。

「アンタ、そんなものまでアイテムボックスに入るの⁉　実家にいた頃アイテムボックス持ちは見たことあるけど、そんな沢山物が運べるのは初めて見たわよ！」

アリシアさん、目を丸くしてらっしゃいますわ。

「ワタクシのアイテムボックス、まだまだ物が入りますわよ。荷物運びは任せてくださいまし」

そしてワタクシ達はボートに乗り込みますわ。

「さぁ、出発ですわ～！」

「漕ぐのはアタシがやるわ。アンタ達はここまで、鹿を解体して焼いたりボートを運んだりしてくれてるけど、アタシだけなんにも役に立ててないんだから」

「アリシアさんも、シルバーホーンを矢で仕留めてくれたよ？　1人だと大変だし、左のオールは任せて欲しいな」

「ありがとうございます、お2人とも。それではオールはお任せいたしますわね」

お2人がオールを漕ぐと、ボートは水面をゆっくりと滑りはじめますわ。

「……もう少しこのゆったりとした旅を楽しんでいきたいところでしたけれども、魚モンスターさん達が集まってきましたわ」

しかしこの程度、何も困ることはありませんわ。

「本当だ、大きいのが沢山集まってきてる！　シャーロットお姉さん、お願い！」

「お任せ下さいまし！　〝ウインドカッター〟ですわ」

ワタクシ、魔法で水中の魚モンスターさんを倒しますわ。本当であれば〝プチファイア〟で倒してお料理にしたいところですけれども、相手は水の中。火の塊を出す〝プチファイア〟を使うと周りに熱湯が飛び散って危険ですわ。

「こっちにもいるわね。〝ブラックアロー〟！」

アリシアさんも一時的にオールを手放して、黒い弓矢の魔法で水中のモンスターさんを倒していらっしゃいますわ。

こうして、ワタクシとアリシアさんは集まってきたモンスターさんを全滅させますわ。

「さて、一段落つきましたわね」

モンスターさんをあらかた倒してほっと一息ついたその時。

「あー！　モンスターにかじられてる～！」

ユクシーさんが悲鳴をあげますわ。見ると、ユクシーさんの持っていたオールの、半分から先がなくなっていますわ。断面を見ると、どうも魚モンスターさんに噛《か》みちぎられてしまった様子。

「ごめんなさいシャーロットお姉さん、アリシアさん。どうしよう、これじゃボートが漕げないよ……」

ユクシーさん、涙目になってらっしゃいますわ。

「気にしないでくださいましユクシーさん。モンスターさんを撃ち漏らしたワタクシにも責任がありますわ」

「それを言ったらアタシだって。それに、そもそもモンスターが寄ってきたのはアタシのせいかもだし……」

「とにかく、今はなんとか向こう岸につく方法を考えましょう」

アリシアさんが残っている1本のオールで漕ぎますけれども。片側で漕ぐだけでは船がその場で回転するだけですわ。

「……まぁ、悲観することはありませんわ。ここは池ではなくて川。流されているうちに、どちらかの岸に打ち上げられることでしょう」

そう思って流れに身を任せていたのですが。

〝ドドドドドド……〟

川の下流の方から、何やら不吉な音が聞こえてきましたわ。恐る恐るそちらを見ると、先には滝がワタクシ達を待ち構えていましたわ。

「「「キャ――!!」」」

辺りに、3人分の悲鳴が響きますわ。

「どうしようシャーロットお姉さん！　このままだと落ちちゃうよ！」

「落ち着いてくださいましユクシーさん。そうだ、オールの代わりに手で水を掻《か》きましょう！　オールほどではないでしょうけれど少しは前に進めるはずですわ！」

「それでいこうシャーロットお姉さん！」

「名案とはとても言えないけど、今はそれしかないわね」

〝バチャバチャバチャバチャ!!〟

３人で必死に手で水を掻くのですけれども。

「ダメですわまだ滝に引き寄せられていきますわ〜！」

さっきよりも少しゆっくりにはなりましたけれども。それでも、川の流れには逆らえずどんどんと滝に吸い寄せられていきますわ。

どうしましょうどうしましょう。

限界まで追い詰められたワタクシの頭に、あるアイデアが浮かびますわ。あの魔法でしたらこの状況をなんとかできるかもしれませんわ。

「一か八か……〝ウォーターショット〟ですわ！」

ワタクシは船のお尻側に向かって、水属性魔法〝ウォーターショット〟を発動しますわ。

〝ブシャアアアァ！〟

ワタクシの手のひらから、大量の水が勢いよく噴き出しますわ。

そしてその反動で、ボートが一気に加速しますわ！　水面を切り裂いて、小舟が勢いよく川の上を駆けますわ。

「きゃあああぁ！　一体なんなのよこれえええぇ！」

悲鳴をあげながらアリシアさんがワタクシの腰にしがみつきますわ。

「すごーい！　シャーロットお姉さん、これ楽しいよ！」

一方ユクシーさんは激しく揺れる小舟の上でも何も怖くないようではしゃいでらっしゃいますわ。

〝ザパァ！〟

ボートが川の岸に乗り上げて、ようやく止まりましたわ。

魔法を使っただけであんなに加速するだなんて。ワタクシも予想外でしたわ。

ワタクシとユクシーさんに続いてアリシアさんがよろよろとボートから降りて、近くにあった石に腰掛けて動かなくなってしまいましたわ。

「アリシアさん、どうしましたの？　もしかして、今のボートの急加速で腰が抜けて立てなくなってしまいましたの？」

「こ、腰なんて抜かしてないわよ！　ちょっと疲れたから休憩してるだけだってば！」

アリシアさんが立ち上がりますけれども、足がガクガクですわ。

「ごめんなさいアリシアさん。滝に落ちないようにするにはあの方法しか思いつきませんでしたの」

「気にしてないわよ。ああしてもらわなかったら今頃全員滝壺《たきつぼ》の底だったでしょうし」

「シャーロットお姉さん、私はすっごく楽しかったよ？　帰りはもっと速くして欲しいな～！」

「それはやめて！　腰を抜かしてるのは認めるから、それだけはやめて！」

川辺に、アリシアさんの悲鳴のような訴えが響きますわ。こんなふうに、ワタクシ達は休憩も兼ねてしばらく川辺で談笑していましたわ。

そしていよいよ、森の最奥へと向かいますわ。

川岸から奥の方へ向かうとまたすぐに蒼白《あおじろ》い木が生えはじめましたわ。そしてさらに奥へと進むと。

「ついに見つけましたわ〜！」

沢山生えている、青くきらめく果物を付けた木。あれが氷結果実に間違いありませんわ！

ゴーレムに襲われていたアリシアさんを助けたり。シルバーホーンさんを食べたり。ボートが滝に落ちかけたり。

色々なことがありましたけれども、ようやくここまでたどり着きましたわ！

「長い道のりでしたわ……！」

「ここまで大変だったね、シャーロットお姉さん」

ワタクシ、とても感慨深いですわ。

「アンタ達、楽観的すぎない？　氷結果実の木の前に埋まってるアレを見なさいよ」

アリシアさんの指さす先には、不思議な色の岩が埋まっていますわ。

金属光沢を纏《まと》った赤い岩。ゴーレムさん特有の気配がするのですけれども、これまで出会った他のどのゴーレムさんよりもずっと気配が強いですわ。

「あ、あれはアダマンタイト！　すごいよシャーロットお姉さん！　あのゴーレムの体、アダマンタイトでできてるよ！」

ユクシーさん、大はしゃぎしていらっしゃいますわ。

「アダマンタイト？　なんですのそれは」

「武器にも防具にも使える、超希少な金属だよシャーロットお姉さん！」

「まぁ。そんなに珍しい金属で出来ていらっしゃいますのね、あのゴーレムさん」

綺麗な光り方をしているのも納得ですわ。

「正確に言うと、〝アダマンタイト鉱石〟かな。あの岩にはまだアダマンタイトだけじゃなくて不純物が沢山入ってるんだ。だからまず、砕いたり溶かしたり不純物を取り除いたりして、アダマンタイトを精錬しないといけないんだ」

「なるほど。ずいぶんお手間が掛かるのですわね」

「そう、アダマンタイトの精錬はすっごく手間が掛かるらしいんだ！　鍛冶屋さんに持ち込んだときに加工代が沢山掛かっちゃうんだって……」

ユクシーさんが少ししょんぼりした顔をしますわ。

「あら、それは困りましたわね」

「それでね。1つお願いがあるんだけど……あのアダマンタイトゴーレムを倒せたら、私の武器の強化に使わせて欲しいんだ。アダマンタイトを使った武器があれば、私もっと強くなれるよ！」

「ワタクシはもちろん構いませんわよ。ユクシーさんが更に頼もしくなるのであれば、大歓迎ですわ！　アリシアさんは如何《いかが》ですの？」

「ここまで連れてきてもらっただけのアタシには、何も言う権利無いわよ。好きにすれば？」

アリシアさんが軽く手を振りますわ。

「やったー！　じゃあ早速、アダマンタイトゴーレムを倒そー！　頑張ろうね。シャーロットお姉さん、アリシアさん！」

「ええ。頑張りましょう！」

「アタシは正直自信ないけど、ここまで来たからにはちゃんと手は貸すわ」

と言って、アリシアさんが黒い弓を構えますわ。

アリシアさんのモンスターを引き寄せる力に釣られてか、アダマンタイトゴーレムさんが起き上がろうとしますわ。ですけれども。

「先手必勝ですわ。〝タイムストップ〟ですわ」

まずはワタクシ、時間を止めますわ。ワタクシ以外の物は全て動きを止めますわ。もちろん、アダマンタイトゴーレムさんも。

「さぁ、後はトドメを刺すだけですわ。プチファイ――」

そこでワタクシ気づきましたわ。『〝プチファイア〟でアダマンタイトゴーレムさんを倒すと、後が大変なのでは？』と。

きっと〝プチファイア〟で倒すと、アダマンタイトゴーレムさんは溶けてしまうでしょう。そうなってしまっては、回収がとても難しいですわ。

であれば――

「〝グラビティプレス〟ですわ」

〝グシャアアアアァ！〟

アダマンタイトゴーレムさん、バラバラに砕けましたわ。

「あっさり砕けましたわね……」

アダマンタイトゴーレムさんは希少な金属を含んでいるということでしたので、これまでのモンスターさんに比べて頑丈かもしれないと思っていたのですけれども。

やはりモンスターさんであることには変わりなく。他のモンスターさんと同じように魔法に1回当たっただけでバラバラになってしまいましたわ。

そして、時間が動き出しましたわ。

「さぁ、いっくよー！　……あれ？　アダマンタイトゴーレムがもうバラバラになってる？」

「ええ。ワタクシが握りつぶす魔法〝グラビティプレス〟で倒しておきましたわ。如何でしょうユクシーさん。この倒し方なら破片の回収も楽ですし、鍛冶屋さんに持ち込むときもこの状態の方が喜ばれるのではなくて？」

「その通りだよシャーロットお姉さん！　倒した後のことまで考えてアダマンタイトゴーレムを倒すなんて凄いよ！　これだけ小さくしてくれたら、鍛冶屋さんでの加工費も安くなるはずだよ！」

ユクシーさんが握りこぶしサイズになったアダマンタイトゴーレムさんの破片を嬉しそうに拾ってらっしゃいますわ。喜んで頂けて何よりですわ。

「まずアレを一撃で倒せるのが凄いのよ。気合い入れたアタシが馬鹿みたいじゃない。……ていうか、いつの間に倒したわけ？　アダマンタイトゴーレムが立ち上がろうとした次の瞬間、バラバラになってたんだけど？」

「ワタクシの魔法〝タイムストップ〟で時間を止めてその間に倒してしまいましたわ」

「時間を止めた……嘘でしょ⁉　そんなことできるはずない！」

「本当ですわ。〝タイムストップ〟ですわ」

ワタクシはまた時間を止めて。

アダマンタイト鉱石の破片を１つ拾って、固まっているアリシアさんの手の中に握らせますわ。

そして時間が動き出して。

「なにこれ⁉　手の中にいつの間にかアダマンタイト鉱石が⁉　まさか、本当に時間を止めたの……？」

「うんうん。気持ちは分かるよアリシアさん。私も最初びっくりしたもん」

ユクシーさん、腕組みして得意げな顔で頷《うなず》いてらっしゃいますわ。

「さぁ、アダマンタイトの破片を回収いたしましょう」

「はーい！　アダマンタイトゴーレムを倒すのに何も出来なかった分、私破片集め頑張るよ！」

「アタシもよ！」

お二人が並んでアダマンタイトゴーレムさんの破片を集めていきますわ。

「集めた破片はこちらへ入れてくださいまし」

ワタクシはアイテムボックスの入り口を大きく開けますわ。

「いてて。結構腰に来るわね、これ……」

アリシアさん、屈んだままの姿勢がつらいのか時折腰をさすっておられますわ。

「なるほど、これは中々腰への負担が大きいですわね」

ワタクシも屈んで破片を集めますけれども、すぐに腰が疲れてしまいますわ。

一方で。

〝ポイポイポイポイッ〟

ユクシーさんは四足歩行の姿勢で駆け回りながら、アダマンタイトゴーレムさんの破片を集めてアイテムボックスへと放り込んでいきますわ。

「アタシ、獣人って初めて見たんだけど。あんなに素早く四足歩行の姿勢で走り回れるのね。驚いたわ……」

「ワタクシも、ユクシーさんが四足歩行するところは初めて見ましたわ。ユクシーさん、凄いですわ～！」

「えへへ。獣人は人間と少し筋肉の付き方が違うから四足歩行も得意なんだ。本気で走るときはこっちの方が速いんだよ！」

ユクシーさんが嬉しそうに教えてくださいますわ。

こうしてワタクシ達は破片を集め終えましたわ。

そしていよいよ、氷結果実とのご対面ですわ！

「『木に実っているメロン』って感じね。初めて見たけど、中々美味しそうな見た目じゃない」

「ええ。ワタクシ、ますます氷結果実を食べるのが楽しみになってきましたわ！　早く頂きましょう！」

「ねぇ、目的が変わってない？　レストランが出してる採取クエストをこなすためにここまで来たんでしょ？」

「いけません、そうでしたわ。ワタクシとしたことが、美味しそうな氷結果実を見てつい目的を忘れてしまいましたわ。お恥ずかしい……」

ワタクシは頬を掻きますわ。

「駄目だよシャーロットお姉さん。お金のために、しっかり氷結果実を持ち帰らなきゃ！　……でも、こんなに沢山実ってるんだし、ちょっと多めに採取してあとで試食しようよ！」

「素晴らしい提案ありがとうございますユクシーさん！　そうと決まれば早速採取を始めますわよ！　まずはクエストで納品する30個を確保いたしましょう。お楽しみはその後ですわ！」

「「おー！」」

こうしてワタクシ達は採取を始めますわ。

ですが。

「届きませんわ～！」

ワタクシとアリシアさんがジャンプしても、ぎりぎり届かない高さに氷結果実が実っているのですわ。

〝ぴょん、ぴょん〟

ワタクシ達頑張ってジャンプしてみますけれど、指先で触れることしか出来ないのですわ。

「悔しいですわ……！　念願の氷結果実がこんなにも、こんなにも近くにありますのに。指先で触れることしか出来ないだなんて……！」

「ああくそ！　この！　もうちょっとで摑《つか》めそうなのに、もどかしいわね！」

ワタクシ達、何度もジャンプしてみますけどどうしても届きませんわ。

「使いたくはなかったのですけれども。こうなったらあの魔法しかありませんわね。〝エンゼルウイング〟ですわ！」

〝ふわあっ〟

ワタクシ、魔法の翼で少し浮かび上がりますわ。

「なんだ、そんな便利な魔法が使えるなら最初から使いなさいよ」

「ごもっともな指摘ですわ。でもこの魔法には1つ、大きな欠点がありますの」

まずはワタクシ氷結果実を両手でしっかりと摑みますわ。

「あとはもぎ取るだけですけれども……きゃあ！」

氷結果実をもぎ取るために腕に力を入れた途端。背中にも余計な力が入ったせいで翼のコントロールが乱れて、ワタクシ横に吹き飛んでしまいましたわ。

〝ごつん！〟

そして、木に頭をぶつけてしまいましたわ～！

ワタクシ、翼のコントロールを完全に失って地面に落下しましたわ。

「ちょっとアンタ、大丈夫⁉」

「お気遣いありがとうございます。大丈夫ですわ、怪我も痛みもありませんもの」

ワタクシは立ち上がって、服の土を払いますわ。

「ところで、ワタクシがあの空を飛ぶ魔法を使いたがらなかった理由はおわかり頂けましたかしら？」

「ええ、よーく分かったわ」

アリシアさんが深くうなずきますわ。

「シャーロットお姉さん、木に登って採取しようと思ったけどやっぱり難しいよ！　枝が細くてこれ以上先に行けないよ～！」

上の方から声がするので見上げますと、ユクシーさんがいつの間にか木に登ってらっしゃいましたわ。しかしユクシーさんの仰《おっしゃ》るとおり、枝が細くて氷結果実の所へたどり着くまでに枝が折れてしまいそうですわ。

「こうなったら、肩車しかないよ。アリシアさん、乗せて欲しいな」

と、木から飛び降りたユクシーさんが提案してくださいますわ。

「確かにもうその手しかないわね。ほら、乗りなさいよ」

「お邪魔しまーす！」

ユクシーさん、しゃがんだアリシアさんの肩に乗りますわ。

「じゃあ私が氷結果実をもぐから、シャーロットお姉さんは受け取ってアイテムボックスに入れて行って欲しいな」

「お任せくださいまし！」

ワタクシはアイテムボックスの入り口を開きますわ。

「アリシアさん、あと1歩右に動いて。……よし、掴んだよ！」

肩車されている状態のユクシーさんが、氷結果実をもぎ取りますわ。

「わぁ！　この氷結果実、すごくひんやりしてて触ると気持ちいい！」

「本当ですの⁉　ワタクシも触ってみたいですわ！」

ワタクシ、両手を伸ばしてユクシーさんから氷結果実を受け取りますわ。

「本当ですわ！　ひんやりとしていてとても触り心地がよいですわ〜！」

ワタクシ、思わず氷結果実をなで回してしまいますわ。

そしてふと顔を上げると、なんだか物欲しそうな顔のアリシアさんと目が合いましたわ。

「ごめんあそばせアリシアさん。肩車をするために両手が塞がっているアリシアさんのことを忘れておりましたわ」

「べ、別にアタシは氷結果実の触り心地なんてどうでもいいし。全く興味が無いと言ったら嘘になるかもだけど……」

「まぁまぁ、そう仰らずに。手が塞がっていますので、頬に失礼しますわね」

ワタクシ、氷結果実をそっとアリシアさんの頬に触れさせますわ。

「ほら、冷たくて心地良いでしょう?」

「ええ。まぁ、悪くないわね」

『悪くない』だなんて仰っていますけれども。アリシアさん、嬉しそうですわ～！

そしてワタクシ達は採取を続けますわ。アリシアさんがユクシーさんを支えて。ユクシーさんが氷結果実を木からもいで。ワタクシがそれを受け取ってアイテムボックスにしまう。これを繰り返していきますわ。

「ちょ、ちょっと休憩させて……！　人を肩車するのなんて初めてだけど、コレ結構きついわ……」

ユクシーさんを肩から降ろしたアリシアさん、疲労でしゃがみ込んでしまいましたわ。今のやり方ではアリシアさんの負担が重いですわね。

ワタクシの魔法〝エンゼルウイング〟なら氷結果実の実っている高さまで浮かび上がるのは簡単ですけれども。浮いたまま木の実をもいだりアイテムボックスにしまったりといった動作をするのは難しいですわ。

あの魔法、扱いが難しくてただ浮かび上がるだけで精一杯ですもの。

「そうだ良いこと考えた。肩車の上下を入れ替えてユクシーが下。アタシが上になるってのはどう？」

と、悪戯《いたずら》っぽい顔でアリシアさんが提案してくださいますわ。

「いいねそれ！　さぁ、乗ってよアリシアさん！」

ユクシーさん、しゃがんで元気いっぱいにアリシアさんに背中を向けますわ。

「え、本気？　アタシ、冗談のつもりで言ったんだけど……」

アリシアさん、恐る恐る自分よりもずっと小柄なユクシーさんの肩に乗りますわ。そしてユクシーさんが立ち上がると。

「なにこの安定感⁉　全然揺れないわ！　アンタ、凄い体幹してるわね⁉」

「えへへ。獣人族は元々筋力が強い種族だからね。それに私は小さい頃からモンスターを狩ったりして鍛えてるから、力持ちなんだ！」

案外こちらの方が相性が良いようで、ユクシーさんとアリシアさんのコンビはさくさくと氷結果実をもぎ取って渡してくださいますわ。

「さぁアリシアさん、次はあっちの木にいくよ！」

「きゃあ！　ちょっと、人を肩車したまま走らないでよ！　上は結構揺れて怖いのよ！」

「あ！　ごめんねアリシアさん！」

ユクシーさんが速度を落として、ゆっくりと歩いて行きますわ。

そんなこんなで。ワタクシ達はあっという間に依頼されていた氷結果実30個の採取を終えたのですわ。

そしていくつか余分に採取して……。

「さて、ここからがお待ちかね……氷結果実試食タイムですわ！」

「「待ってました！」」

お2人も、目を輝かせていますわ。

ワタクシが用意したテーブルの上で、ユクシーさんがナイフで実を切り分けてくださいますわ。

〝シャリッ〟

「わぁ、凍ってる感触がする……本当に果肉が氷結してるんだ……！」

「シャーベットを切り分けたような音がしましたわね。早く、早くいただきましょう！」

「アタシももう待ちきれないわよ！」

切り分けた果肉の断面はとても綺麗ですわ。透き通る青い果肉がとっっっても美味しそうですの！

それをお皿に盛り付けて……。

「「「いただきます!!」」」

パクリ。

「なんですの、これは……!?」

シャッキリとした食感。

氷のような冷たさ。

蜂蜜のような目の覚めるような甘さ。

そして、メロンのような優しい風味。

それらが高次元で融合している、最高のフルーツ！　それが氷結果実ですわ！

パクパクですわ！

「美味しい！　美味しいよシャーロットお姉さん！　私こんなに美味しいフルーツ食べたことない！」

「なんかこれもう、美味しいとかいう次元じゃないわよ！　こんなに美味しいフルーツがこの世にあるなんて知らなかったわ！」

　お2人も夢中で氷結果実を口に運んで行きますわ。

「ああ、もう食べ終わっちゃったわ……。ねぇ、アタシから提案なんだけど。もう1個くらい氷結果実もいで食べちゃわない？」

「「賛成‼」」

　結局、追加で氷結果実を2ついただきましたわ。

　ワタクシ、大満足ですわ〜！

「美味しかったなぁ……。私、今とっても幸せだ〜」

　夢見心地と言った様子でユクシーさんがイスの背もたれに身体を預けていらっしゃいますわ。

「ホント。最高だったわ。こんなに美味しいフルーツをお腹いっぱい食べられるだなんて、これ以上無い贅沢《ぜいたく》だわ」

　アリシアさんは満足そうにお腹をさすっていらっしゃいますの。

「アタシ、実家を追い出されてから、もう人生で楽しいことなんて起きないと思ってたわ。実家を追放されてからずっと、絶望してた。これから先の人生でもう楽しいことがあるなんて思えなかったのよ。それなのに、こんな楽しいことが起きるなんて。良い思い出になったわ。……その、ありがとう」

「どういたしましてですわ。ワタクシも、アリシアさんと旅が出来て本当に楽しかったですわ」

「な、なに言ってるのよ、もう」

ワタクシが正直な気持ちをお伝えすると、アリシアさんは少し顔を紅くして目をそらしてしまいましたわ。

「そんなことより、ほら。この辺、なんか綺麗な花が沢山咲いてない？　これとかも採取して帰ったら金になるんじゃないの？」

慌てて話をそらすように、アリシアさんが足下を指さしますわ。

「そういえばそうですわね。ワタクシ氷結果実に夢中で気づいていませんでしたわ」

透き通る淡い紫色の花弁が綺麗な小さな花。それが辺り一面に生えておりますの。

「素晴らしい景色ですわね……ユクシーさん、この花はなんだかご存じありません？」

ワタクシが話しかけると、ユクシーさんがイスの背もたれからゆっくりと身体を起こしますわ。

「えっとね……このお花は〝ルナリスブルーム〟。モンスターが多く生息する森の奥地に咲く花だよ。残念だけど、全然お金になる花じゃないね」

「まぁ、そんなに簡単にお金になるものが転がってるわけないわよね」

アリシアさんが小さく肩を落としますわ。

「お金にはならないけど……お茶にすると変わった味がするって聞くよ。好きな人は好きなんだって」

「あら、そうですの。折角来たのですし、ワタクシ、お茶用にいくらか摘んでいきますわ」

「アタシはいらないわ。手間暇かけてまで、口に合うかどうか分からないお茶を飲もうとは思わないもの」

　ワタクシはルナリスブルームを採取してアイテムボックスにしまっていきますわ。

「そうだ、思い出した。『ルナリスブルームは伝説の秘薬〝エリクサー〟の材料に使われている』って聞いたことがあるよ。でも、エリクサーは材料があっても作るのがすっごく難しいらしいから、そっちの方はあんまり気にしなくていいかな」

「そうですの。ワタクシ薬作りには興味がありませんわ。摘んだお花は全部、お茶にしようと思いますわ」

　ワタクシ、必要な分のお花を摘み終わりましたわ。これだけあれば、きっと1週間分くらいのお茶になるでしょう。

　これでもう、この場所での用は済みましたわ。後は街に帰るだけなのですけれど。今言っておかねばならないことがあるのですわ。

　ワタクシがアイコンタクトで尋ねると、ユクシーさんも頷いてくださいましたわ。

「アリシアさん。ワタクシ達のパーティーに入りませんこと？」

「……なんですって⁉」

　ワタクシの言葉があまりに予想外だったのか、アリシアさんは後ずさりなさいますわ。

「アンタ、正気？　こんな聖女の出来損ないの、モンスターを引き寄せる忌まわしい力を持った女。仲間にしたら絶対後悔するわよ」

「ワタクシ大歓迎ですわよ、モンスターさんを引き寄せる力。それに、そんなに自分から距離を置くのは、ワタクシ達のことを気遣ってくださっているからですわよね？　お優しいのですねアリシアさんは」

「――バカ！　優しくなんてないわよ！」

「それに私には分かるよ、アリシアさんがすごく努力家だってこと。きっとギフトを授かったときのために、ずっと弓の練習をしてたんだよね？　じゃなきゃ数日前に使えるようになったばっかりの〝ブラックアロー〟で、あんなに正確にシルバーホーンの頭を撃ち抜くことなんてできないよ」

と、ユクシーさん。

アリシアさんは少しの間黙り込んで。

「……1つだけ約束して。これから何があっても、『忌まわしい力を持った女なんて仲間にしなければよかった』とか『やっぱりお前の能力は役に立たないハズレギフトだった』なんて言わないで」

「もちろん！　お約束いたしますわ。それに、誰であろうとアリシアさんのことを『忌まわしい』だとか『ハズレギフト』だとか蔑《さげす》む人がいたら、ワタクシ達が許しませんわ。ねぇ、ユクシーさん？」

「もちろんだよ！　アリシアさんのことをそんな風に言う人がいたら、私がハンマーで殴り飛ばしちゃうよ！」

ユクシーさんがハンマーを抜いて振り回して見せますわ。

アリシアさんの目には、うっすらと涙が浮かびますわ。

「分かったわ。……その。よろしくね、二人とも」

ワタクシとユクシーさんは顔を見合わせて。

「やりましたわー！」

「やったね、シャーロットお姉さん！」

ハイタッチするのですわ。

「なによ、馬鹿みたいに喜んじゃって」

というアリシアさんも、口元が緩んでらっしゃいますわ。

「よろしくお願いいたしますわ、アリシアさん！」

「よろしくね、アリシアさん！」

ワタクシは前から。ユクシーさんは後ろからアリシアさんに抱きつきますわ。

「ああもう、暑苦しいわね！」

こうして、アリシアさんが正式にパーティーに加入したのですわ！

第四章　美味《おい》しいエリクサーを量産しますわ

ワタクシ達《たち》、ゴーレムの森からまた馬車で丸1日かけて街に戻ってきましたわ。

「皆さん、長旅でお疲れでしょうけれども氷結果実は鮮度が大事。早くレストランへ納品しに行きましょう」

「そうだね、早く納品して報酬金をもらっちゃおう！」

「アタシも賛成よ。正直疲れてるけど、さっさと終わらせたいわ」

というわけでワタクシ達は氷結果実の納品のためにレストランへとやって来ましたわ。

「おお！　まさか本当に氷結果実を採ってきて頂けるとは！　本当に、なんとお礼を申し上げて良いやら！」

氷結果実を受け取った店長様、大喜びしてらっしゃいますわ。

「クエストの報酬金は冒険者ギルドに預けてありますので、お受け取り下さい。それと、感謝の印に当レストランの氷結果実のパフェをご馳走《ちそう》いたします。仕込みがありますので、明日お越し下さいませ」

「まぁ！　ご招待ありがとうございます！　楽しみにしておりますわ！」

「やったー！　氷結果実のパフェだー！」

ユクシーさんは飛び跳ねて喜んでらっしゃいますわ。

「ほ、本当にいいの？　氷結果実のパフェって、ディナーのフルコース料理と同じくらいの値段でしょ？　アタシ達にタダで振る舞っちゃって大丈夫なわけ？」

アリシアさん、少し不安そうですわ。

「もちろんでございます。氷結果実のパフェは当レストランの看板メニュー。これをお出しできないとなると当レストランの沽券《こけん》に関わります。素材を取ってきて下さったお三方への感謝はこれでも足りないくらいです」

「そ、そう。そういうことなら有り難く頂くわ」

そして翌日。

「美味《おい》しいですわ～！　本っ当に美味しいですわ～！」

ワタクシ達は3人で、パフェを楽しんでいますわ。

氷結果実の目の覚めるような甘みと生クリームの重厚な甘み。氷結果実のシャッキリとした食感と生クリームのとろけるような舌触り。2つの異なる要素が交互に押し寄せてきて、互いを高め合っておりますわ！　生のままでもあれほど美味しかった氷結果実が、一流パティシエ様の手によって異次元の領域に達しておりますの。

パクパクですわ！

「大変だよシャーロットお姉さん！　このパフェ、底の方にアイスクリームも隠されてるよ！　上から下まで全部美味しいよ～！」

ユクシーさんが、口の周りにクリームを付けて満面の笑みで報告してくださいますわ。

「ああもう、美味しすぎるわこのパフェ！　こんなに美味しいパフェがあるなんて知ったら、他のパフェじゃ満足出来なくなっちゃうじゃない！　どうしてくれるのよ、もう……！」

アリシアさんも、口では文句を言いながらも笑顔でパフェを口に運んでらっしゃいますわ。

氷結果実のパフェ、最高ですわ！

「ああ、美味しかった～！　本当は妹のエレナにも食べさせてあげたいけど、流石《さすが》にパフェは病院まで持って行けないから、お土産に氷結果実を持って行くだけにしておくね」

「それがいいですわ。ワタクシも、家のメイドに氷結果実を1つお土産に渡しましたわ。それに実家のお兄様にも、お父様にバレないようにこっそりお送りしましたわ。

マリーには昨日のうちに直接氷結果実を渡しましたわ。『こんな美味しそうなフルーツ貰《もら》っちゃっていいッスか⁉』とよろこんでおりましたわ。

ジェイスお兄様には、お兄様が懇意にしている商会を通して、差出人を偽装して昨日お送りしましたわ。ワタクシの名義で送ると、お父様に見つかって捨てられてしまいますもの。

「ところでアリシアさんはお土産用の氷結果実を持って帰りませんでしたけれども、本当によろしかったんのですの？」

「ええ。アタシはクソ実家にお土産を送ってやるつもりなんてさらさらないし。お土産を送る相手なんていないのよ」

そう言いながら、アリシアさんは最後の1口を食べ終えましたわ。

「それにしても、ユクシーさんの『氷結果実を多めに採って帰って、他のレストランにも卸そうよ』という提案はよかったですわね」

「ええ、アタシもそう思うわ」

「えへへ……。元々のこのレストランからもらえる氷結果実30個分の報酬が金貨30枚。それに加えて、他のレストランを回って交渉して買い取ってもらった分の報酬が金貨5枚。それと……」

「この小さな回復ポーションのビンですわね」

ユクシーさんの意図をくみ取って、ワタクシはアイテムボックスから小さなビンを取り出しますわ。中には透き通る紫色の液体が入っていて、とても綺麗《きれい》ですわ。

「ああ、〝エリクサー〟だっけ？　小さなカフェのオーナーが『今手元に現金が無いが、どうしても今年はウチでも氷結果実のパフェを出したいんだ。ウチの家宝と現物交換してくれ』って言って渡してきたヤツ。氷結果実って金貨1枚くらいで取引されてるけど、そのちっさいビンに本当に金貨1枚相当の価値があるワケ？」

「エリクサーはすっごく価値があるよ、アリシアさん。どんな病気でも治す効果があって、価値は金貨1枚どころじゃないよ」

「あら、そうですの？　でしたらむしろ、ワタクシ達がかなり得をする取引だったということでしたの？」

「ただ、カフェのオーナーさんも言っていたとおり、このエリクサーはかなり古いからね。ラベルに書いてある日付は100年も昔だよ。エリクサーは腐らないけど、効果は少しずつ落ちていくからね。100年も昔のものだと、『どんな病気も治す』までの効果はないよ。あと、効果があるのは病気だけで、毒には効果がないね。私も昔、100年前のエリクサーを手に入れて毒に侵された妹に飲ませたことがあるけど、解毒できなかったんだ。値段は、金貨1枚分くらいが相場だと思うよ」

「妥当な取引、といったところですわね」

「金貨1枚分の価値があるのは分かったけど、これはちょっと配分に困るわね……。価値があるって言ってもこんな薬渡されても困るでしょ。風邪引いた位で使うわけにもいかないし、使いどころがなかなか無いのよ」

「どうしようシャーロットお姉さん、もっと小さいビンに分けて詰め替えて3人で分けようか？」

「あら、ではワタクシが金貨1枚の代わりにいただいてもよろしくて？」

ワタクシはエリクサーの小ビンを手に取りますわ。

「いいの、シャーロットお姉さん？」

「ええ。これも何かの縁。折角ですのでワタクシがいただきますわ。使う機会が無いに越したことはありませんけれども、持っておけば安心というものですわ」

ワタクシは再びエリクサーをアイテムボックスにしまいますわ。

こうして今回の氷結果実の報酬は、お2人が金貨12枚。ワタクシが金貨11枚とエリクサーのビン1つとなりましたわ。

ちなみに、一般市民の月収がおよそ金貨1枚。これだけあれば当面生活には困りませんし、美味しいレストランに通い放題ですわ！

解散した後、ワタクシは、

「このお金でどこのレストランに行きましょうかしら？　少し遠出して、別の街のレストランを渡り歩くのも良《い》いですわね～♪」

などと考えながら家へ帰りましたわ。

次の日の朝。

「おはようございますッス、お嬢様……」

ワタクシの部屋にやって来たマリーは、なんだか具合が悪そうですわ。

足取りもおぼつきませんし、顔も真っ赤ですわ。

おでこに触れて確かめると。

「まぁ、すごい熱ですわ！　風邪を引いていますわよマリー！　今日はお仕事はいいですから、しっかり寝て休んでくださいまし！」

「申し訳ないッス、お嬢様……」

今日はモンスターさんを食べに出かけるのは諦めて、マリーの看病をすることにしますわ。

「マリー、薬箱を枕元に置いておきますから必要なものはここから取ってくださいまし。ワタクシはハチミツレモンを用意してきますわ」

と言ってワタクシがキッチンで不慣れな作業をしていたとき。

「治ったッス〜！」

元気な声を上げながらマリーが走って来ましたわ。

「なにをしていますのマリー⁉　寝てないといけませんわよ！」

「それがお嬢様、本当に治ったッスよ！　熱も頭の痛みも全然無いッス！」

マリーのおでこを触ると、確かにさっきまでの熱さがウソのようですわ。顔色もよくなっていますわ。

「本当に熱がありませんわ……どうしてこんなすぐに治りましたの？」

「薬箱の中にあった、この変わった色の回復ポーションが効いたッス！」

そう言ってマリーが見せてくれたのは、エリクサーのビン。そういえば昨日、帰ってきてから薬箱の中にしまったような気がしますわ。

「この回復ポーションを1口飲んだら、あっという間に具合が良くなったッス！　それどころか、肩凝りとかも治って風邪引く前よりも元気なくらいッス！」

エリクサー、噂《うわさ》に違《たが》わぬ凄《すご》い効き目ですわ。

「それに、この変な色の回復ポーション凄く美味しかったッス！」

美味しかったですって……⁉

「甘くて、口の中でシュワシュワってはじける感覚がして、なんだか上手く説明できないけど凄く

美味しいッス！」

マリーの持っているビンには、まだ1口ほどエリクサーが残っていますわ。

「マリー、そのビンをくださる？」

ワタクシは少し残っているエリクサーのビンを受け取って。

飲みましたわ。

「これは……！」

なんっっって美味しいのでしょう！

ハチミツのような濃厚な甘さと果物系の風味。そして頭から足先まで突き抜けるような清涼感！

体の中の悪いものがごっそりと洗い流されるような気分ですわ！

「ああ、もう飲みきってしまいましたわ……」

世の中にこんなに美味しい飲み物があっただなんて。ワタクシ、知りませんでしたわ！

「もっと、もっと飲みたいですわ……！」

このエリクサーは100年前に作られたモノ。きっと出来たてのエリクサーは、もっと美味しいはずですわ！　もし、熱いシャワーを浴びた後に出来たてのエリクサーをまるごと1ビン喉に流し込んだら、どれほどの満足感になることでしょうか！　考えただけで喉が渇いてきますわ。

「決めましたわマリー。ワタクシ、出来たてのエリクサーを飲みますわ！」

「ええ⁉　本気ッスかお嬢様⁉」

「もちろん本気ですわ！　ワタクシ、出かけてきますわ！」

そう言ってワタクシ家を飛び出しましたわ。向かったのは街の回復ポーション屋さん。ここならきっとエリクサーを売っているはずですわ。

と、思っていたのですけれども——

「お客さん。エリクサーというのはとても貴重なもので、ウチでは取り扱いがないんですよ。エリクサーは戦闘職の中でも超エリートの人達や、身内が重病になった貴族にしか出回ってないんです。一般市民ではとても手が届かない代物ですね」

とのことですわ。

「諦められませんわ。ワタクシ、あのエリクサーの味が忘れられませんのよ……！」

売っていないのであれば作れば良いのですわ。

ワタクシ、街の本屋さんに足を運びましたわ。

簡単に作れる物ではないというのは重々承知。しかし、わずかな可能性に賭けてエリクサーの製法について書いた本がないか探しましたわ。

すると。

「ありましたわ、エリクサーの製法！」

回復ポーション類の作り方について書いた本の中に、エリクサーの製法が載っておりましたわ！

他の回復ポーションとは違ってコラムのような扱いですけれども、間違いなくエリクサーの製法ですわ！

「この本、頂きたいですわ」

ワタクシは本を買って帰って、早速家で読みましたわ。

必要な材料は、ルナリスブルームの花びら。それに、触媒としてアダマンタイトが必要とのことですわ。

「全部、揃《そろ》っておりますわね……」

ルナリスブルームの花びらは、ゴーレムの森に氷結果実を採取しに行ったとき記念に採取したものが。アダマンタイトも同じく氷結果実を採取したとき、ゴーレムさんが落とした物がありますわ。ユクシーさんにはハンマーの改造に必要な分をお渡ししているのですけれど、破片がいくつか残っておりますわ。

それでは早速、作ってみようと思いますわ！

「えーと、まず『ルナリスブルームの花びらを1週間天日干しして完全に乾燥させる』と。……1週間も待っていられませんわ」

そうですわ、乾かすといえば。あの魔法がありますわ。

ワタクシはお庭に出て。

「〝ヒートストーム〟ですわ」

熱風の竜巻で、ルナリスブルームを包みますわ。すると。

「あっというまにルナリスブルームの花びらが完全に乾燥しましたわ！」

後はグラスに水を入れて、そこにすりつぶしたルナリスブルームの花の粉末を入れて。触媒のアダマンタイトの欠片《かけら》を沈めて。

「本によりますと、『最後に大量の魔力を加えながらかき混ぜる。十分な魔力が加われば、光とともに反応が起きてエリクサーが完成する』と。……大量の魔力って、どれくらい加えれば良いのでしょう？」

分かっていますわ。エリクサーとは貴重な物。素人であるワタクシが、ちょっと魔力を加えたくらいで作れるはずがありませんの。

あまり期待せず、ワタクシ魔力を込めてエリクサーの素をかき混ぜますわ。すると。

〝ピカッ！〟

「反応が起きましたわ～！」

かき混ぜ始めてすぐ光りましたわ。それに、液体の色も変わっていますわ。さっきまで無色だったのに、今は透き通る綺麗な紫色。

「まさか、本当にエリクサーが完成してらっしゃいます？」

ワタクシ、まずはスプーンでひとすくいして恐る恐る味を確認しますわ。

「本当にエリクサーになっていますわ～！」

この風味。この甘さ。この清涼感。間違いなくエリクサーですわ！

「それでは、いよいよ頂きますわ……！」

いざ、エリクサーの一気飲みですわ！

――と思ったその時。

〝ガッシャ―――ン！〟

家の前の通りの方から、大きな物音がしますわ。

「何事ですの⁉」

ワタクシが慌てて駆けつけると、馬車が転倒しておりましたわ。どうやら、事故があったご様子。

「ねぇしっかりして！　目を開けて！」

事故に巻き込まれてしまったとおぼしき少年が倒れていらして、母親らしきご婦人が必死に呼びかけてらっしゃいますわ。

少年は、身動き一ついたしません。素人のワタクシにも、これは危険な状態だと分かりますわ。

「どうしましょう。こんなとき、一体どんな応急処置をすれば……！」

その時ワタクシ気づきますわ。慌てて出てきたので、右手にエリクサーのグラスを持ったままだったことに。

「ご婦人！　こちらの回復ポーションをその子に飲ませてくださいまし！」

「は、はい！」

ご婦人はワタクシからエリクサーを受け取ると、震える手で子供の口に注ぎますわ。

すると。

〝ぽうっ……！〟

少年の身体が、うっすらと紫に輝きますわ。そして。

「う、うぅん……」

目を覚ましましたわ！

「良かった！　あなたがいなくなったらもう、私は生きていけなかったわ！」

親子が熱い抱擁をかわしてらっしゃいますわ。

「ありがとうございます。このご恩は決して忘れません！」

「お姉さん、ありがとうございます！」

親子が揃って頭を下げなさいますわ。

「ご無事で何よりですわ」

エリクサーが無くなってしまったのは少し残念ですけれども、人の命には代えられませんわ。

ワタクシが家に戻ろうとしたその時。少年が何かに気づきますわ。

「お母さん、僕の手のアザが消えてる！」

「本当だわ！　一体どうして⁉」

お母様、たいへん混乱してらっしゃいますわ。

「もしもし。アザがどうしましたの？」

ワタクシ、気になって聞いてみましたわ。

「僕は〝クローバー病〟という珍しい病気にかかっていたんです。手の甲にクローバーの葉のようなアザが少しずつ現れて、葉が４枚揃うと死ぬという病気です。今の医療では治せる確率は半々ということだったんですが……今日が覚めたら、３枚出ていた葉のアザが全て消えていました」

少年は、不思議そうに手の甲を眺めていますわ。

「ああ、きっとそれは先ほど飲んだエリクサーの力ですわね」

「エ、エリクサー⁉」

少年は、目を丸くしてらっしゃいますわ。

「そんな貴重なものを僕に使ってくれたんですか⁉　ありがとうございます」

「本当に、本当にありがとうございます……お陰で、この子とこの先もずっと一緒に生きていけますわ。お礼は何でもいたします……！」

「お礼なんて結構ですわ。エリクサーはまた作れば良いだけですもの。では皆様、ごきげんよう」

事態が一段落しましたので、ワタクシは家に戻りましたわ。

初めて自分で作ったエリクサーを飲めなかったのは少し残念ですけれども、かまいませんわ！

これから沢山エリクサーを作るのですから！

ワタクシ、アイテムボックスからルナリスブルームの花びらを全て出しますわ。それを。

「〝ヒートストーム〟ですわ」

また魔法で乾燥させて。これからまた水に入れてかき混ぜていくのですけれども。

「これは中々骨が折れますわね……マリー、来て下さいまし！」

「了解ッス！」

ワタクシが呼ぶと、お庭仕事をしていたマリーが駆けつけてくれますわ。

「お嬢様、何をすれば良いッスか⁉　お嬢様の頼みとあらば何でもやるッスよ！」

「頼もしいですわ、マリー。それではワタクシがエリクサーをお鍋で作っていきますから、マリーは完成したものをワタクシがさっき買ってきたビンに詰めていってくださいます？」

「了解ッス！」

マリーの手も借りながら、ワタクシはエリクサーを量産していきますわ。

ワタクシが乾いた材料をすりつぶしてアダマンタイトの欠片を沈めた鍋に入れて、魔力を加えながらかき混ぜて。マリーが完成したエリクサーを小ビンに詰めてくれますわ。

「マリー、エリクサーがこんなに簡単に作れる物だなんてワタクシ知りませんでしたわ」

「あっはっは。何言ってるんスかお嬢様。簡単に作れているのはお嬢様の魔力量が普通じゃないからッスよ。一般人の魔力じゃまず無理ッス」

「まぁ。ワタクシも一般人ですのに」

と、マリーと冗談をかわし合いながらエリクサーを作っていきますわ。

そして。

「エリクサー100本、完成ですわ〜！」

「お疲れさまッスお嬢様！」

材料を全て使い切って、作ったエリクサー100本。テーブルの上にずらっと並んだ様子は、壮観ですわ。

これだけエリクサーが沢山あったら。

朝はエリクサーの爽快感で眠気を覚まし。

お昼ご飯を食べた後には口の中をエリクサーですっきりさせて。

夜は眠る前にエリクサーで疲れを洗い流してリフレッシュする。

という超快適エリクサーライフが送れるのですわ！

「早速記念すべき1本目を頂きましょう。マリーも1本どうぞ」

「ありがとうッスお嬢様！」

ワタクシ達がエリクサーのビンを開けようとした、その時。

〝チリンチリーン♪〟

家の玄関の呼び鈴が鳴りますわ。

「はい、どなたでしょう？」

扉を開けると、2人の少年が立っておられましたわ。1人は、先ほどワタクシがエリクサーを差し上げた方ですわね。

「あら、先ほどの事故に巻き込まれた方ではありませんか。お隣の方はどちら様ですの？」

「お姉さん、さっきはありがとうございました。彼は僕の友達の、エリオットです」

「初めまして、エリオットと言います。今日は、お姉さんにお願いがあってきました」

エリオットさん、緊張した様子ですわ。

「あら、なんでしょう」

「実は俺の姉は〝クリスタル病〟という病気にかかっています。今の医学では治す方法がない難病で、治す方法はエリクサーしかありません」

エリオットさん、両拳を硬く握ってらっしゃいますわ。

「お姉さん、お願いします！　どうかエリクサーで俺の姉を助けてください！」

「僕からもお願いします！」

2人の少年が深々と頭を下げていますわ。

こんな必死な様子を見せられては、断れませんわね……。

「承知しましたわ。ワタクシを、お姉さんのところへ案内してくださいます？」

「「ありがとうございます‼」」

そして案内されたのは、街で一番大きな病院。敷地《しきち》内に複数の棟が並んでいて、うっかりすると迷子になってしまいそうですわ。

ワタクシ達は、沢山並んでいる中の1つの病室に入りますわ。

「姉さん、病気を治してくれる人を連れてきたよ！」

エリオットさんがベッドに寝ているお姉さんに駆け寄って、話しかけますわ。しかしお姉さんは目を閉じたままで、反応はありませんの。

ワタクシも近くに寄って、ベッドに寝ているお姉さんの姿を近くで拝見しますわ。身体の左半分が、透き通る蒼《あお》い水晶のようになっておりました。

〝クリスタル病〟。身体が徐々にクリスタルのように透き通る石になっていって、最終的に完全な石になってしまう恐ろしい病ですわ。ここに来るまでに話は聞いていましたけれども、実例を見ると病気の恐ろしさを実感いたしますわ。

ちなみに近くにいても感染することはないそうなので、こうして隣に立っていてもワタクシがかかる心配はありませんわ。

「今エリクサーを飲ませますわね。これさえあればきっと病気もよくなって……」

「聞こえたぞ？　エリクサーだって？」

ワタクシがエリクサーを取り出したとき、病室に恰幅《かっぷく》の良い殿方が入ってこられましたわ。

「私はこの病院の院長だ。今何やら、『エリクサーをこの患者に与える』と聞こえたが？」

「ええ。ワタクシがこのエリクサーをこの患者様に飲んでいただいて、クリスタル病を治そうとしているところですの」

「ガッハッハッハ！　バカバカしい。アンタ多少良い身分のようだが、それでもエリクサーなんて持っているはずがない。ましてや、こんな貧乏人にエリクサーをくれてやってなんの得があるというんだ？」

そう言って院長様はエリオットさんの方を向きますわ。

「おい少年、こいつは詐欺師だぞ？　一体いくらでエリクサーを売ってやると言われたんだ？　だまされるなよ？」

「違う！　お姉さんは詐欺師なんかじゃないし、お金も要求されてない！」

「そうですわ。ワタクシ、詐欺師などではありませんわ」

「どうだか。全く、怪しいもんだ。そこまで言うならお嬢さん、私と賭けをしよう。もしそのエリクサーが偽物だったら、ウチの病院に金貨10枚を寄付してもらおう。もしエリクサーが本物だったら、私はなんでも言うことを聞いてやる。この病院の権利まるごとくれてやってもいい。どうだ？乗るか？」

院長様、ニヤニヤと笑っておられますわ。どうやら、ワタクシが賭けに乗ってこないと思ってらっしゃるご様子。ですけれども。

「分かりましたわ。その賭けに乗りますわ」

「なんだと!?」

「さぁ、この患者様が治るところ、しっかりと見ていてくださいまし」

ワタクシ、ビンの蓋をあけて患者様の口にそっとエリクサーを注ぎますわ。

〝パアアアァ……！〟

エリクサーの効果で、患者様の身体が光を放ち始めますわ。クリスタルのように透き通っていた手足が、みるみるうちに人間の色と暖かみを取り戻していきますわ。

「ん……ここは……？」

お姉さん、目を覚まされましたわ。そして、ご自身の左半身をご覧になりますわ。

「あれ？　私の左腕が元に戻ってる。……治ってる！　私、クリスタル病が完全に治ってる!!」

「よかった、お姉ちゃん！」

エリオットさんが、お姉様に飛びつきなさいますわ。仲が良さそうで何よりですわ。

「このお姉さんがくれたエリクサーのお陰でお姉ちゃんが治ったんだよ！」

「そうだったんですね！　ありがとうございます！」

姉弟《きょうだい》が揃って頭を下げなさいますわ。

「それで……お礼については、いくらほどお支払いすればよろしいでしょうか？　申し訳ありませんが我が家は裕福ではありません。納得頂けるだけの金額はお支払い出来ないかと思います。ですからその分、働いてお返しいたします。何でも仰《おっしゃ》ってください」

「もちろん俺も働きます！　何でもやります！」

姉弟が決意を固めたような顔でワタクシを見つめてきますわ。

「なんでもやる、ですか。どうしましょう……」

困りましたわ。お礼をどんな形で頂くか、何も考えていませんでしたわ……。

その時。ワタクシは1つ、マリーから困りごとを聞いていたのを思い出しましたわ。

「では、お2人でワタクシの家の庭の草むしりをして頂けますこと？」

「「く、草むしり⁉」」

お2人が目を白黒させますわ。

最近マリーから、庭に雑草が沢山生えて困っていると聞きましたわ。ちょうどいい機会ですし、お2人にお手伝い頂きましょう。

「草むしりって、そんなことでいいのですか⁉」

「お姉さん、エリクサーの対価がそんな簡単な仕事って、安すぎますよ！」

「いえいえ。草むしりは大変な仕事ですわよ。ちょうど雑草が増えて困っていたところですの。手伝って頂けるととても助かりますわ」

「ありがとうございます。私、全力で草むしりさせて頂きますね！」

「俺も頑張ります！　お姉さんの庭の雑草は1本残らず引き抜いてみせます！」

お2人とも、やる気をみなぎらせてらっしゃいますわ。

「頼もしいですわ。お2人とも、よろしくお願いいたしますね」

そしてワタクシ、院長様の方へ向き直りますの。

「というわけで。ワタクシのエリクサーが本物であるとお分かり頂けましたかしら？」

「そんな、本物のエリクサーだったなんて……!!」

院長様、真っ青な顔で床に膝をついてらっしゃいますわ。

「1つ聞かせてくれ。いや、聞かせて下さい。貴女《あなた》はこの患者とは初対面のようです。この病院には他にもエリクサーがないと治らない病人がいるのに、なぜその中からこの患者を選んだのですか？　他の患者なら、エリクサーの代価を現金で払ってくれたかもしれないのに」

「あら、他にもエリクサーを必要とする方達がいますのね。大丈夫ですわ、まだありますもの」

ワタクシはアイテムボックスから取り出したエリクサーをテーブルの上に置きますわ。

「に、2本目ぇ⁉」

院長様、声が裏返っていらっしゃいますわ。

「まだまだありますわよ」

〝コトン、コトン〟

ワタクシは、ありったけのエリクサーをテーブルの上に並べますわ。

「これだけあれば、この病院にいらっしゃるエリクサーを必要とする方全員に行き渡りますかしら？」

「も、もちろんです！　十分過ぎるくらいです！」

院長様はなんども頷いてくださいますわ。

「ところで話は戻りますけれども。先ほどの賭けは、ワタクシの勝ちということでよかったですわね？」

「は、はい。ですがそれはその、勢いでというか……本当にそんな口約束で病院の権利を賭けたりは出来ないというか……」

「分かっておりますわ。ワタクシも、あんな賭けで病院の権利をいただけるとは思っておりませんし、もしいただいたところで病院の経営などできませんもの。代わりに、この病院にいらっしゃる他のエリクサーを必要としてらっしゃる患者様達に、このエリクサーを飲ませてくださいます？」

このエリクサーは、ワタクシが自分で飲むために作ったもの。しかし、この病院に他にもエリクサーを必要とする方がいると知った以上、放っておくことは出来ませんわ。

「――!!　無償でこれほどのエリクサーを提供してくださるとは……。私は、医者として大切なことを忘れていたようです。このエリクサーは、必ず必要とする患者に届けると誓いましょう。余った分は、今後この病院に来るエリクサーを必要とする人に渡します」

「お手数でしょうけど、よろしくお願いしますわ」

院長様、憑《つ》き物《もの》が落ちたような晴れ晴れとした顔をしてらっしゃいますわ。

ワタクシ、確かにエリクサーは惜しいですわ。本当は自分で飲んでしまいたいですわ。

しかし、心置きなくエリクサーを飲むためには、仕方ないのですわ。

ワタクシがこの病院の、エリクサーを必要とする方達を見捨てて自分だけエリクサーを飲んだなら。これからワタクシがエリクサーを飲もうとする度に『あの時、目の前の救える命を救わなかった』ことを思い出してしまいますわ。

そんなのは嫌ですわ～！

ワタクシはなんの心置きもなく。心から満足いくエリクサーの飲み方をしたいのですわ！

というわけでワタクシは、エリクサーをお譲りすることを決めたのですわ。

「そろそろワタクシ失礼しますわ。それでは皆様、ごきげんよう」

「貴女のお陰で、医者として大事なことを思い出すことが出来ました。心より感謝申し上げます」

「お姉さん、ありがとう！」

「このご恩は必ずお返しします」

お医者様と姉弟に見送られて、ワタクシは病室を後にしますわ。

――

「戻りましたわ、マリー！」

「おかえりなさいませッスお嬢様～！」

家に帰ってきたのは昼下がり。ワタクシはまず、熱いシャワーで汗を流しましたわ。

身体を火照らせて、『何か冷たいものが飲みたい』という気持ちを限界まで高めて。その上で

「いよいよ、エリクサーを飲みますわ！」

ワタクシ、アイテムボックスに2本だけとっておいたエリクサーを取り出しますわ。

「マリー、今度こそ一緒にエリクサーを飲みましょう！」

「ありがとうッスお嬢様！」

ワタクシが呼ぶと自室からマリーが飛んできましたわ。

ワタクシ達はエリクサーのビンのフタを開けて。

「「頂きます！」」

〝ゴクッゴクッ〟

ビンから、エリクサーが一気に喉に流れ込んできますわ。

この清涼感。堪《たま》りませんわ〜！　常温のはずなのに、まるで氷が直接喉に触れているかのような感覚ですわ！　そしてそれがシャワー上がりの熱い身体にとてもしみるのですわ〜！

味の方も素晴らしくて、ハチミツのような濃厚な甘さとオレンジのような酸味がマッチしていてとっても美味しいですわ！

「甘くてさっぱりしてて冷たくて、すっごく美味しいッス！」

マリーも美味しそうにエリクサーを飲んでいますわ。

作りたてのエリクサーをビン丸ごと1本一気飲みできるという幸せ。

堪りませんわ〜！

「ゴクゴクですわ！」

こうしてワタクシ、至福の時間を過ごしましたわ。

「本当に美味しかったですわ……！　またそのうちゴーレムの森に沢山材料を取りに行かなくてはいけませんわね。その時にはあの病院にもお裾分けしに行くといたしましょう」

「お嬢様！　その時は、私もまた手伝うから分けて欲しいッス！」

「もちろん、そのつもりですわ」

「やったッス～！　楽しみにしてるッス、お嬢様！」

マリーは両手を挙げて喜んでらっしゃいますわ。

こうしてワタクシは、念願のエリクサーを丸ごと1ビン飲むという目的を果たすことが出来たのですわ！

「ではマリー、ワタクシは殿下との約束があるので出かけますわ。前にお伝えしたように、今日の夕食は不要ですわ」

「了解ッス！　いってらっしゃいませッス、お嬢様！」

第五章　王太子殿下と偽装デートに出かけますわ

シャーロットがエリクサーを作っている頃。

王国中心部にある城の中庭で、アウゼス王太子は今日も訓練に励んでいた。

「うおおおお！」

木製の剣で打ち込んでくる騎士を軽々と受け流し、投げ飛ばす。するとまた後ろから別の騎士が襲いかかってくる。アウゼス王太子は武器を手に襲い来る騎士達《たち》を、全て素手で迎え撃っていた。

これは、アウゼス王太子の護身術の訓練である。素手であっても最低限の自衛が出来るために、王子達は皆こうして護身術の訓練に打ち込んでいるのだ。

尤《もっと》も、アウゼス王太子の場合は『最低限の自衛』という域を超えているのだが。

「流石《さすが》に暑いな」

アウゼス王太子が、上着を脱ぎ捨て薄着姿となる。肌の露出が増え、汗を流すアウゼス王太子の色っぽい姿を近くの廊下を通りかかったメイドが目撃。持っていたトレイを落とし、仕事を忘れて見入っていた。

そして数時間後、訓練が終了した。

「ぜぇ、ぜぇ……殿下、お疲れ様でした……！　ぜぇ、ぜぇ……！」

「ありがとう、みんな。お陰で良《い》い訓練になったよ」

騎士達が疲労困憊《ひろうこんぱい》な様子の一方、アウゼスは1人だけ平然としていた。

いつの間にか隣にいた使用人セバスからタオルを受け取る。汗を拭く彼の姿を、先ほどとはまた別のメイドが穴が空くほど見つめていた。

「さて、そろそろ時間だ。行くとしよう」

訓練を終えたアウゼス王太子はシャワーを浴び、着替える。今日は、シャーロットと会う約束をしているのだ。

「頑張ってくださされ、殿下」

隣に控えていた使用人セバスが王太子に応援の言葉を贈る。

「ありがとう、セバス」

アウゼス王太子が額の汗をハンカチで拭《ぬぐ》う。普段であればアウゼス王太子がシャーロットと会うときはとても浮かれているのだが、今日は重苦しい表情をしていた。

アウゼス王太子が、大きくため息を吐き出す。

「覚悟を決めて、話すしかないか」

アウゼス王太子とセバスは、約束の場所である高級レストランへと向かうのだった。


「美味《おい》しいですわ。と～っても美味しいですわ！」

今日ワタクシは、殿下と一緒に街の高級レストランへディナーを食べに来ておりますわ。

レストランはまるごと借り切り。しかも今日のメニューは、通常では注文できないスペシャルコース。

最高の体験ですわ～！

「満足いただけたようで何よりだ。……ところでシャーロットさん。実は今日ここに呼んだ理由なんだが。実は君にひとつ謝らなければならないことがある」

「謝らないといけないこと……？　一体、なんでしょう？」

殿下は申し訳なさそうな、重い口調で話し始めますわ。

「順を追って話そう。実は先日、隣国であるシストピ王国の第3王女から、僕へ結婚の打診があってね」

まぁ！　殿下がご結婚を⁉

「シストピ王国とは元々友好的な関係を結べているし、すでに僕の弟とシストピ王国の第2王女も婚約を結んでいる。当人同士の関係も良好だ。正直なところ、僕がシストピ王国の第3王女と結婚しても、あまり外交上のメリットはない」

「そうですの。ではなぜ、結婚の打診がありましたの？」

「それなんだが……どうも、第3王女が、先日お会いしたときに僕個人に興味を持ったらしく。その場で結婚を申し込まれてしまって」

つまり、一目惚《ひとめぼ》れされたということですのね！

前にユクシーさんがおっしゃっていた『殿下は国で一番女性に人気がある』というのは本当だっ

たようですわ。

「素敵な話ではありませんの。それで、殿下はどうしたいのです？」

「正直なところ、断りたい。……実は、僕には、心に決めた女性がいる。王太子という立場だが、その人以外と結婚するつもりはない」

「まぁ！　それは素敵なことですわ！　それはどなたですの⁉」

殿下にもそんな方がいただなんて。ワタクシ全然知りませんでしたわ。

「それはその……今は、言えない。だがいつかきっと、君にはしっかりと伝えるつもりだ」

「ふふふ。楽しみにしておりますわ」

殿下が見初《みそ》めた女性。一体どんな方なのでしょう？　楽しみですわ。

貴族から一般市民となったワタクシですけれども、叶《かな》うのであればぜひ結婚式にお誘いいただいて祝福の言葉をお贈りしたいですわ。

「それでその。最初に話した、謝りたいことなんだが……。先方の第３王女……ナタリー王女に熱烈にアプローチされた時、僕も熱くなって『僕は今交際している女性がいる。だから君とは結婚できない』と返したんだ」

ふむふむ。

「相手は誰なのかと聞かれた時、つい『シャーロット・ネイビーという女性だ』と君の名前を出してしまって……」

えっ。

「先方は、ワタクシと殿下がお付き合いしてると思い込んでいるということですの……⁉」

「本当に、本当にすまない……！」

殿下は深々と頭を下げなさいますわ。

「先方も、君に何か危害を加えることはないはずだし、万一のことの無いよう君の家に警備もつける。勝手に名前を出してしまって、本当にすまない」

「いいえ、お気になさらなくていいのですわよ。驚きましたけれども、殿下がそれで望まない結婚を回避できるのでしたら、ワタクシの名前くらい、いくらでも使っていただいて結構ですのよ」

「そう言ってくれて、本当に助かる。ありがとう、シャーロットさん」

殿下はまた頭を下げなさいますの。

「実は先方から、『良ければ一度、我が国にお2人で遊びに来てくださいませんか？　我が国の観光名所や美味しいものを紹介します』ともしつこく誘われていてね。外交上あまり無下にするわけにもいかないのだけれども、これ以上君に迷惑を掛けられない。なんとしてもこちらは断り切る」

「あら、そんなに無理して断らなくても構いませんのに」

「な、なんだって⁉」

殿下が驚きのあまりかイスから転げ落ちそうになりますわ。

「断らないということは、その、僕と君が、その……交際しているフリをしてシストピ王国へ旅行へ出かけるということになるのだが……本当に構わないのかい？」

殿下の声は震えてらっしゃいますわ。

「ワタクシは全く構いませんけれども……？」

ワタクシ、シストピ王国の美味しいお料理が気になっているのですわ。

「それだけではない！　正直、ナタリー王女は何か企《たくら》んでいるような気がする。君を危険にさらすわけにはいかない」

「まぁ、ワタクシのことを案じてくださっておられますのね。殿下はお優しいですわ」

と言うと、殿下の顔が真っ赤になりますわ。

「考えすぎですわ、殿下。王女の立場を利用してワタクシ達に何か危害を加えれば、国際問題ではありませんの。そんなことをするはずがありませんわ。それとも殿下は、ワタクシと交際しているフリをしながらシストピ王国に遊びに行くのはお嫌でしたかしら？」

「まままさか！　嫌なはずなんてあるわけがない！」

殿下が手をちぎれんばかりにブンブン振り回して否定なさいますわ。

こうしてワタクシと殿下は、シストピ王国へ旅行に赴くことになりましたわ。


「さぁ、今夜も始まりますよ！　シャーロットさんの武勇伝を紹介する会！」

「「待ってました～！」」

夜の冒険者ギルドは、今夜も盛り上がっていた。

「——というわけでシャーロットさんはゴーレムの森の踏破に成功。みごと氷結果実を持ち帰ったということです！」

「流石シャーロットさん、高難易度のゴーレムの森を難なく踏破するか」

「まぁ、シャーロットさんならそれくらい朝飯前だよな」

「ゴーレム共も面食らっただろうな。あんなに強い人が乗り込んできて」

冒険者達は酒を片手にシャーロットを称《たた》える。

「それだけではありません。そのあと森に入った冒険者によると、『明らかに以前よりゴーレムが減っている』ということです」

「「「なんだってー⁉」」」

驚きに目を見開く冒険者達。

「皆さんはゴーレムの森に入ったとき、ゴーレムとの戦闘は避けますよね？」

「もちろんだ。あいつらやたら強いし、こっちからよっぽど近づかない限り襲ってこないからなるべく避けるのが常識だ。倒してもただの石しか素材が取れないから倒しても旨味《うまみ》が無いしな」

「と・こ・ろ・が！　シャーロットさん達はゴーレムを積極的に倒して回ったようなのです。森の中に、ゴーレムの残骸らしき岩が大量に転がっているのが見つかりました」

「あ、ありがてぇ～！」

「これでゴーレムの森に入りやすくなるな。氷結果実も安定して街のレストランに卸せるようになるかもしれねぇ」

「俺達普通の冒険者のことも気に掛けてくれるなんて、流石シャーロットさんだぜ！」

実際の所は、シャーロットはアリシアを助けるためにゴーレム達を倒しただけなのだが、勘違いは益々《ますます》シャーロットの知らないところで加速していった。

「また、シャーロットさんは新しいパーティーメンバーをスカウトしました」

「なに⁉　またか！」

「どんな人を選んだんだ？」

「あのシャーロットさんのお眼鏡にかなったのはどんな猛者だ？　もったいぶらずに教えてくれよ！」

冒険者ギルド中の視線が受付嬢に集まる。

「それが今回はなんと、冒険者登録もしていない人を連れてきたのです。名前はアリシアさん。シャーロットさんと同じくらいの年齢の女性です」

「どういうことだ……⁉　シャーロットさんが素人を見込んだってことか？」

「いやいや、冒険者登録してなかっただけで、相当な手練《てだ》れに違いない！」

冒険者達は想像を膨らませていく。

「そしてこれはさっき入ってきたばかりの情報なのですが。シャーロットさん、街の病院にエリクサーを数十本寄付して、エリクサーがないと助からない人に飲ませるように頼んだそうです」

「「「な、なんだって――⁉」」」

これまでで一番の衝撃が、冒険者ギルドを駆け抜ける。

「手が届かないから詳しく知らないけどさ。エリクサーって、庶民の生涯年収よりも高いよな？

10本でも売ったら人生10回以上遊んで暮らせるぞ！　それを、無償で寄付……⁉」

「そもそもそんなエリクサー、どこから用意したんだ⁉　最大手商人ギルドでもそんな数用意できないだろ！」

冒険者ギルドは、熱狂の渦にたたき込まれた。

「シャーロットさんは金持ちも貧乏人も、若者も年寄りも隔てなく救ってくださいました。実は私の姪《めい》も不治の病で入院していたのですが、さっきシャーロットさんのお陰で無事退院することが出来ました！　本当にシャーロットさんには頭が上がりません」

「うおおおぉ！　おめでとう！」

「ここにその姪っ子連れてこいよ！　快方祝いだ！　俺達が食いたいもん全部おごるぜ！」

温かな拍手が冒険者ギルドを包み込んでいった。


そして3日後の朝。ワタクシと殿下は、馬車に乗ってシストピ王国へ向かっておりますわ。

ワタクシ達の乗る馬車を囲むように、護衛の騎士の皆様が乗った馬車が走っておりますの。そしてワタクシ達の馬車の客室には、ワタクシと殿下の2人だけですわ。

ワタクシと殿下は、馬車の客室の中に向かい合って座っておりますわ。

ですが。

「殿下、さっきからどうしてうつむいて黙ってらっしゃいますの……？」

「その……シャーロットさんと今日はこ、恋人同士ということになっているから……そう意識するとどうも緊張してしまって」

殿下、顔が真っ赤ですし所々声が裏返っておりますわ。とても緊張してしまっているご様子。

「もう。シストピ王国に着く前から緊張してどうしますの。何かお話ししてくださいまし」

「そ、そうだね。今日はいい天気だね、シャーロットさん」

「ええ、そうですわね。旅行するにはうってつけの天気ですわ！」

ワタクシは窓の外に目を向けますわ。雲一つ無い青い空。これ以上無い快晴ですわ。

「ええとそれから……シャーロットさん、今日はその……天気が良いな。出かけるにはおあつらえ向きの空模様だ」

「殿下、天気のお話はもう先ほど聞きましたわ」

「そうだな、えと、ええと……済まない、緊張してしまって何を話せばいいのか分からなくて」

最近は改善してきたと思ったのですけれども、殿下は日常会話があまりお上手ではありませんの。会話のレパートリーの半分ほどは天気のお話ですわ。

「では殿下、今日の予定をおさらいしてくださいます？」

「あ、ああ。今日は昼過ぎにシストピ王国に着いて、最初は有名な観光名所である花の迷路を訪問。そのあと景観の美しさで名高い湖でボートを漕《こ》いで、夕方に高級レストランで食事。夜は王宮の客人用の部屋で1泊して、明日の午前中に出発、と聞いている。もちろん、泊まる部屋は僕とシャーロットさんで分けて取ってもらっている」

「承知しましたわ。楽しい1日になりそうな予感がしますわ。今日1日、（偽装の）恋人としてよろしくお願いしますわね、殿下」

「ぐううぅっ……！」

殿下がうめき声を上げて胸元を押さえられますわ。

「どうしましたの殿下？　体調が優れませんの？」

「いや、大丈夫だ。なんでもない……」

相変わらず、不思議な行動が多い方ですわね……。

そして、殿下は話すことがなくなってしまったようで再び会話が途切れますわ。今度は、ワタクシの方からお話をしてみると致しましょう。

「殿下、ワタクシの最近のお話を聞いてくださいます？　ワタクシ最近、ユクシーさんとパーティーを組みましたの。新しい仲間も増えましたわ」

「なんと。それは興味深い。是非聞かせて欲しい！」

殿下は興味がおありな様で前のめりになりますわ。ワタクシは、最近の冒険についてお話ししますわ。

ワイバーンさんを倒しに岩山を登ったこと。氷結果実を採取しにゴーレムの森へ出かけたこと。そこで出会ったアリシアさんを仲間に迎え入れたこと。

殿下はずっとワタクシのお話に耳を傾けてくださいましたわ。

「屈強なモンスター共をものともしないとは、流石シャーロットさんだ。それに、とても楽しそうだ」

「ええ、ワタクシとても楽しいですわ！」

ワタクシは大きくうなずいて応えますわ。

「あら、お話をしているうちにもうお昼ですわね」

外を見ると、太陽が天高く昇っていましたわ。

「そうだね。予定では、シストピ王国に入る前に昼食を取っていくことになっている。そろそろ昼食にしよう」

「賛成ですわ！　ワタクシお腹《なか》ペコペコですわ！」

殿下がバスケットを取り出しますわ。そして開けると、中には様々なサンドイッチが並んでいましたわ。

「まぁ！　美味しそうですわ！　ワタクシ、サンドイッチ大好きですの！」

「今日のためにシェフに腕によりをかけて作らせたんだ。さぁ、どうぞ」

殿下が差し出してくださったバスケットからワタクシ、サンドイッチを1つ手に取りますわ。

「頂きますわ！」

パクリ。

ワタクシが食べたのはローストビーフのサンドイッチ。火の通り加減が絶妙で、牛肉の素材の味を存分に引き出しておりますわ！

「殿下、このサンドイッチとても美味しいですわ！」

「シャーロットさんにそう言ってもらえたなら光栄だ」

サンドイッチを食べながら、殿下がガッツポーズをとりますわ。相変わらずおもてなしの精神が凄《すご》いですわね。

ワタクシは、他にも色々なサンドイッチを食べますわ。

スモークサーモンのサンドイッチ。レモンソースがサーモンの味と絡み合って絶品ですわ！

次は生ハムのサンドイッチ。生ハムももちろん美味しいですし、一緒に挟まれているトマトとレタスがとてもフレッシュですわ！

そして最後にデザート代わりのフルーツサンド。

「どれも最高に美味しかったですわ〜！」

「良かった……！　シャーロットさんにそんなに美味しそうに食べてもらえたなら、今日のためだけに国中のサンドイッチが得意なシェフを集めてコンペをした甲斐《かい》があった」

殿下が涙を流して喜びを噛《か》みしめてらっしゃいますわ。

「そこまで力を入れておられましたの⁉」

「ああ。シャーロットさんと旅行するんだ、これくらい当然のことだ」

「もう、力を入れすぎですわよ殿下。でも、ありがとうございます。お陰で、とても楽しい昼食になりましたわ」

旅行は始まったばかりだというのに、ワタクシもう既に大満足ですわ！

馬車は広い野原を走り続け、途中にあった河にかかる石橋を渡りますわ。

「シャーロットさん、今渡った橋が、シストピ王国との国境だ」

「あら、そうでしたの？　あまりにあっさり国境を越えたもので、ワタクシ全然気づきませんでしたわ」

「無理もない。シストピ王国とは友好的な関係を築けているから、国境付近に物々しい砦《とりで》や関所はないんだ」

そして美しい草原の中をしばらく走ると、いよいよ目的地が見えてきましたわ。

草原にある街、その中心にそびえるお城が今日の待ち合わせ場所ですの。

馬車は関所を通って街に入り、お城の前へ到着しましたわ。

「アウゼス様、お久しぶりですわぁ〜！」

馬車から殿下が降りるやいなや、第3王女のナタリー様が殿下に駆け寄ってきますわ。

お年は16歳。スタイルが良く、ピンク色の髪が目を引く御方ですわ。

「あたし、アウゼス様にまた会えるのをずぅ〜っと楽しみにしていましたぁ。今日は、よろしくおねがいしますねぇ〜」

ナタリー様は、ハチミツのような甘い声で殿下にすり寄りますわ。

「僕もシストピ王国を観光できるのを楽しみにしていました。今日はよろしくお願いします」

殿下、さりげなく『あなたにお会いできるのを楽しみにしていました』と言うのを避けていますわね。

「そしてあなたがシャーロットさんですねぇ？」

ナタリー王女はワタクシの前に来て、ワタクシのことをじっくりと眺め回しますわ。そして、

「アウゼス様を誑《たぶら》かしただけあって、可愛《かわい》いお顔ですねぇ～。妬《ねた》ましいですぅ～」

と小さくつぶやきますわ。今さっきまで殿下の前で出していたような甘い声ではなく、ドラ猫が威嚇するような低い声でしたわ。

ナタリー王女、どうやら殿下の前では猫を被《かぶ》ってらっしゃるご様子。ワタクシ、その豹変《ひょうへん》ぶりに少し驚いてしまいましたわ。

「初めまして。ワタクシが殿下とおつき合い（偽装）させていただいている、シャーロット・ネイビーですわ。本日はよろしくお願いいたしますね、ナタリー王女」

失礼のないよう、ワタクシ笑顔で挨拶しますわ。

「ではナタリー王女、早速最初の予定の場所へ案内してもらえますか？」

「は～い。あたし、精一杯ご案内しますぅ～！」

殿下に話しかけられると、ナタリー王女は先ほどの低い声が嘘《うそ》のようにまた甘い声に戻りましたわ。

そしてワタクシ達はナタリー王女に連れられて、一緒に馬車に乗り込みますわ。

まず案内していただいたのは、シストピ王国の有名な観光名所〝花の迷路〟。

色とりどりの花が壁に咲き誇り、巨大な迷路を形成しているのですわ。

「ワタクシ、こんなに大きな迷路見たことありませんわ。綺麗《きれい》ですわ～！」

「僕もだ。左右どちらを見ても美しい花が視界いっぱいに飛び込んでくる。素敵な迷路じゃないか」

「さぁ、ご案内しますぅ～。あたしについてきてくださいねぇ。迷路では花を育てる魔法が作動しているので、たまに壁の場所が変わりますぅ。はぐれないでくださいよぉ～」

ナタリー王女に案内されて、ワタクシ達は迷路に足を踏み入れますわ。

左右どちらを見ても色とりどりの花がいっぱい。歩いているだけで素敵な気分になれますわ。

「ふむふむ。場所によって生えている花が違いますのね」

「その通りですぅ～。シャーロットさん、あちらの曲がり角の向こうには特に珍しいお花が咲いていますよぉ～」

「あら、そうですの。それはお目に掛からなくてはいけませんわね」

ワタクシ、ナタリー王女が指さした迷路の角を曲がってみたのですけれども。

「ナタリー王女？　それらしきお花は見当たりませんけれども……あら？」

ワタクシが振り返ると、たった今ワタクシが通ってきたはずの道が壁で塞がっているではありませんの。

「どういうことですの⁉　道がなくなっていますわ⁉」

「あらぁ～。シャーロットさん、運が悪かったですねぇ～。迷路の中で作動している魔法の影響で、壁の位置が変わってしまったようですぅ～」

なんですってー⁉

「シャーロットさん、そこにいるのか？　今、そちらにつながる道を探す！　少し待っていてくれ！」

「ふふふ。慌ててはいけませんよ、アウゼス様ぁ。あたしと2人で、ゆ～っくりシャーロットさんのところにつながる道を探しましょうねぇ～。ところでアウゼス様は、どのお花が好みですかぁ～？」

「花の好みについて話している暇はない、急いでシャーロットさんと合流しなくては！」

「うぅ、アウゼス様は意地悪ですぅ～。そんなにあたしと2人きりはお嫌ですかぁ？」

「ナタリー王女、そんな質問は困ります……！」

ナタリー王女、（偽装の）交際相手であるワタクシがいなくなったことで殿下にべったりくっつこうとしているご様子。

殿下は最近改善しつつはありますけれども、少し前までは会話のレパートリーの半分が天気の話だったくらい、会話を盛り上げるのが苦手な御方。

それほど面識のない女性と2人きりになって、困ってしまっているようですわ。すぐに壁を越えて戻って差し上げませんと。

「〝エンゼルウイング〟ですわ」

〝ふわぁっ〟

ワタクシ、魔法の翼で浮かび上がりますわ。そして迷路の壁を越えて、殿下のお隣に着地。

「お待たせしました。戻りましたわ、殿下」

「驚いた。シャーロットさんが馬車の中で話していた、ワイバーンの住む岩山を攻略した魔法〝エンゼルウイング〟か。ありがとう、シャーロットさん。戻ってきてくれて心強いよ」

「きいいいいぃ～！　そんな魔法が使えるなんてぇ～！」

ナタリー王女、口元をゆがめてらっしゃいますわ。

「もしかして、魔法で壁を越えるのはマナー違反でしたかしら？」

「いいえぇ～。全然問題ありませんよぉ～。花の迷路の楽しみ方は人それぞれですからぁ～。上から花を眺めるというのも一つの楽しみ方ですぅ～。お花を傷つけるようなことさえしなければ、お好きなようにしてくださって構いません～」

「そうですか、それは安心いたしましたわ」

ワタクシは胸をなでおろしますわ。

その後ワタクシ達は、色とりどりの花を楽しみながら迷路を抜けたのですわ。

「ああ、楽しかったですわ～」

「僕もだ。沢山の花を見てリフレッシュできたよ。王宮の庭に、こういった趣向を追加しても良いかもしれないな」

殿下も晴れ晴れとした笑顔ですわ。

「お2人に楽しんでいただけて嬉《うれ》しいですぅ～」

一方のナタリー王女は、どこかぎこちない笑顔ですわ。

「それでは、お2人を次の観光スポットへご案内しますぅ～」

こうして連れてきていただいたのは、シルヴァナ湖。シストピ王国が誇る、美しい景観で有名な湖ですわ。

鏡のような水面が広がり、周囲には鮮やかな緑が広がっていますの。モンスターさんも生息していないので、ボートをひっくり返される心配もありませんわ。

「さぁ、お2人のために用意したボートがこちらですよぉ～」

ワタクシと殿下はライフジャケットをしっかり着てから2人乗りのボートに乗り込みますわ。

「シャーロットさん、漕ぐのは僕に任せて欲しい」

「あら。それでは遠慮なく、水の上をエスコートしていただこうかしら」

殿下がオールを漕いで、ボートはゆっくりと湖の上を滑り出しますわ。そして後ろから、護衛の騎士様達が乗ったボートもついてきますわ。そして、ナタリー王女が乗ったボートも。

「あら、ナタリー王女はボートにお1人で乗られますの？」

「そうなんですぅ。あたし、これでもボートを漕ぐのは上手なんですよぉ」

そう言いながらナタリー王女は慣れた様子でオールを操りますわ。

ワタクシ達は、ナタリー王女や護衛の騎士様のボートと一緒に、湖の上を進んでいきますわ。

「あちらに見えるのがセラドン山脈ですぅ～。一番高い山の頂は、あのように年中雪の冠を被っているのですよぉ～。隣の3つ並んだ山は季節によって色合いを変えてぇ～」

ナタリー王女が、辺りを囲む山々について紹介してくださいますわ。

その時。

〝ごぽごぽごぽ……〟

ボートの底から、水が入り込み始めましたわ。勢いは弱いですけれども、このままではいずれボートは沈んでしまうでしょう。

「まぁ！　大変ですわ殿下！」

「シャーロットさん、すぐに岸に引き返そう！」

殿下が慌ててオールを漕いでボートの向きを変えますわ。

「アウゼス様、それでは間に合いませんよぉ～！　岸に戻る前にボートが沈んでしまいますぅ～。幸いあたしのボートには１人分の空きがありますから、アウゼス様はこちらに乗り移ってください～！」

ナタリー王女がボートを近づけて殿下に手を差し伸べていますわ。

「シャーロット様はこちらへどうぞ！」

と言ってワタクシの方へ手を差し伸べてくださっているのは、護衛の騎士様。ですが。

「ご心配には及びませんわ。よいしょっと！」

ワタクシ、アイテムボックスから自前のボートを取り出しますわ。前にゴーレムの森で川を越えるために使ったものですわ。

「さぁ殿下、こちらのボートに乗り移ってくださいまし」

「分かった！」

ワタクシと殿下は、無事に沈みかけていたボートから自前のボートに乗り移りましたわ。

「こちらの穴の開いたボートは一旦ワタクシが預かっておきますわ。殿下、一緒にアイテムボックスに押し込んでくださいますこと？」

「分かった、行くよ。せー、の！」

殿下と協力して、なんとか沈み掛けていたボートをアイテムボックスに収納することにも成功しましたわ。

「あの状況にもすぐ対応できるとは。シャーロットさん、君には驚かされるばかりだよ」

「ふふふ。ワタクシ、最近色々冒険に出かけてたくましくなったのですわ。さぁ、お騒がせ致しました皆様。楽しい湖の上の旅を再開致しましょう」

ワタクシ達はオールを漕ぐのを再開しますわ。

「むきいいぃぃ！　またしても！　大容量アイテムボックスまで扱えるだなんて、規格外にもほどがありますよぉ〜！」

何故《なぜ》かナタリー王女が歯ぎしりしてらっしゃいますわ。何か悔しいことがあったのでしょうか？

ワタクシ達は、オールを漕ぎながら雄大な景色を楽しみますわ。

「本当にこの湖は綺麗ですわ〜。鏡のような水面に周りの山麓が映り込んでいますわ」

「ああ。確かに綺麗な風景なんだが、その……シャーロットさんと2人で向かい合っていると、シャーロットさんの顔ばかり見てしまう、というか……」

「な・に・を・仰《おっしゃ》っていますの殿下。ワタクシの顔くらい、いつでも見られますでしょう？　今は、折角のこの素晴らしい風景をしっかりと目に焼き付けてくださいまし！」

ワタクシは殿下の顔を両手で摑《つか》み、回転させて周りの風景を見せますわ。

「分かった、分かったシャーロットさん！　放してくれ！　このままだと心臓が持たない！」

殿下がよく分からないことを仰いますけれど、とりあえず苦しそうなので解放しますわ。

「お2人とも仲が良いのですねぇ。微笑《ほほえ》ましいですぅ～」

というナタリー王女の顔は、全然微笑んでおりませんでしたわ。

楽しい時間というのはあっという間に過ぎてしまうもの。陽が沈みかけて、湖が夕陽《ゆうひ》の赤色に染まっておりますわ。

ワタクシ達は岸に戻って陸に上がりますわ。ボートの上で長く過ごした後だと、揺れない地面というものにありがたみを感じてしまいますわね。

「ナタリー王女、ボートで過ごす時間はとても楽しかったですわ。そしてこちら、お返し致しますわ」

ワタクシは、アイテムボックスから例の沈み掛けたボートを岸に取り出しますわ。

「ありがとうございますナタリー王女。僕もとても楽しめました」

「お2人に楽しんで頂けて良かったですぅ～。では次は、夕食のレストランへご案内しますねぇ～」

「よろしくお願いしますわ、ナタリー王女！　ワタクシ、このときを1週間前から楽しみにしておりましたわ！」

「そうですかぁ～。お任せくださいねぇ。国で一番美味しいと評判ですから、きっとご満足頂けると思いますよぉ～」

ワタクシ達はシストピ王国の用意してくださった馬車に乗って、レストランへと向かいますわ。

道中、ナタリー王女は街の観光名所の前を通りかかる度に説明してくださいましたわ。

「さぁ、着きましたよぉ～」

馬車から降りると、月の光に照らされる壮麗な建物がたたずんでおりますの。まるで、小さなお城のような風格ですわ。大きな窓から中の様子をうかがうと、シャンデリアが温かい光を放っておりますの。

「大変立派なレストランですわ……」

「はい、こちらシストピ王国の誇る老舗ですぅ～。味も内装も、超一流を保証しますよぉ～」

ナタリー王女の顔には、自信が満ちておりますわ。

「これは見事なレストランです。……おっと。済みません、馬車の中に忘れ物をしてしまいました。シャーロットさん、付いてきてくれるかい？」

「え、ええ。もちろんですわ」

殿下はワタクシの手を引いて、急ぐように馬車の中へ引き返しますわ。馬車の中にいるのは、ワタクシと殿下の2人だけ。

「どうしましたの殿下？　何を忘れてしまいましたの？」

（シャーロットさん、落ち着いて聞いて欲しい）

馬車の中で、殿下がワタクシの耳元で囁《ささや》きますわ。

（さっきの、ボートが沈みかけた件。アレはきっと、ナタリー王女の企みだ）

（なんですって⁉）

ワタクシは驚きつつも、小声で聞き返しますわ。

（ボートを乗り移る前に、浸水箇所を確認したんだ。人為的に開けられたような綺麗な穴が、蠟《ろう》で封をされていた。どうやらあのボートは、時間がたつと沈むように細工されていたらしい）

殿下は淡々と自分の考えを話しますわ。

（湖の上でボートが沈み始めると、当然僕達は別のボートに乗り移らざるを得ない。ナタリー王女が僕を自分のボートに乗せて、そのまま2人でボートで過ごすつもりだったのだろう）

（なるほど。確かに、ナタリー王女が1人でボートに乗っていたのが気になっておりましたわ。いくらボートを漕ぎ慣れているとはいえ、ボートを漕ぐ付き人を付けないのは不自然ですもの。あれは、殿下を乗せるために1人分席を空けていらしたのですわね）

（そうだろう。そして花の迷路のときも、ナタリー王女は少し様子がおかしかった。きっと、迷路の管理人に命じて僕とシャーロットさんを花の壁で分断しようとしていたんだろう）

ワタクシは、花の迷路で分断された時のことを思い出しますわ。確かにあの時、ワタクシはナタリー王女の勧めで1人だけ曲がり角の先のお花を見に行って壁で分断されてしまったのですわ。

確たる証拠はありませんけれども、ナタリー王女が殿下と2人きりになるために色々と企てているのは間違いなさそうですわ。

（ナタリー王女はまだ何か仕掛けてくるかもしれない。食事に毒を盛ったりするようなことは無いと思うが……警戒しておいて欲しい）

（分かりましたわ。教えてくださってありがとうございます、殿下）

ワタクシ達は何食わぬ顔で馬車を降りますわ。

「お待たせして済みません、ナタリー王女」

「忘れ物は見つかりましたか、アウゼス様？　それでは、あたし達のテーブルへご案内しますねぇ～」

ワタクシ達はナタリー王女に案内されて、レストランの中へと入りますわ。

中は煌《きら》びやかなシャンデリアの光で照らされていて、壁にはシストピ王国の美しい自然を描いた絵画が飾られておりますわ。大理石の床もピッカピカに磨き上げられておりますの。

ワタクシ達がテーブルに着くと、早速コース料理が運ばれてきますわ。アミューズから始まり、どんどん美味しいお料理が運ばれて来ましたわ。

特にメインのロブスターは絶品でしたわ！　ワタクシ、今度またこのお店に来ようと心に決めましたわ。

「どのお料理もとっっても美味しかったですわ！　ナタリー王女、ありがとうございますわ～！」

「感謝します、ナタリー王女。今日はとてもいい一日でした」

「アウゼス様がよろこんでくれて、あたしも嬉しいですぅ～」

そしてデザートが届くという頃。

〟〟〟バリイィン！〟〟〟

レストランのあちこちから、ガラスの割れる音が響きますわ。そして。

「ナタリー第３王女！　その命、貰《もら》い受《う》ける！」

覆面を付けた集団が乗り込んできましたわ。全員もれなく手に剣を持ってらっしゃいますの。物騒ですわ～！

しかしワタクシ、わかっていますのよ。

「これもナタリー様の作戦ですのね」

吊り橋《つばし》効果。男女２人で一緒に怖い思いをすると、その２人の絆《きずな》が深まるという現象。それを利用して殿下のお心を手に入れようという算段なのでしょう。

もちろん本当に怪我人《けがにん》や死者が出てしまうと国際問題になってしまいますので、あの覆面集団が持っているのは刃を落とした剣に違いありませんわ。

とはいえ。

楽しい食事の時間中にやってくるのは無粋ですわ～！　せめてデザートを食べ終わってからお越し頂きたいですわ！

「そんな、あたしの命を狙いに来るなんて……」

と、ナタリー王女はおびえてらっしゃいますけれど、これも演技のはず。それにしてはずいぶん真《しん》に迫っているような気もしますけれども。

「アウゼス様とナタリー王女をなんとしてもお守りしろ！」

周りに控えていた護衛の皆様が抜剣して覆面集団を迎え撃ちますわ。部屋のあちこちで、剣同士がぶつかる音が響きますわ。

「シャーロットさん、ナタリー王女！　部屋の隅に下がるんだ！」

殿下がワタクシ達をかばうように前に歩み出ますわ。

「邪魔するならまずお前から死ね、アウゼス王太子！」

そう言って斬りかかってきた覆面さんの腕を、殿下は掴んで、

〝ブンッ！〟

投げ飛ばしましたわ。

「ぐはっ！」

投げ飛ばされた覆面さんが衝撃で剣を取り落としてしまいますわ。殿下はその剣を素早く奪い取りますわ。

「あら、お見事ですわ殿下」

そして殿下は、奪った剣で次々襲い掛かってくる覆面さん達の攻撃をさばいていきますわ。

ですが。

「済まない！　1人抜けられてしまった！」

殿下の隙を突いて、1人の覆面さんがこちらへ向かってきますわ。

「ナタリー王女、お覚悟！」

そして、ワタクシとナタリー王女に向かって剣を振り上げますわ。

「あなた達。よくも楽しいディナーの時間を邪魔してくださいましたわね」

覆面さん達はナタリー王女の命令で動いているとはいえ、お食事の時間を邪魔されてワタクシほんの少しばかり怒っていますのよ？

「〝タイムストップ〟ですわ」

ワタクシはまず魔法で時間を止めますわ。そして、襲ってきた覆面さんの手から、剣を没収しますわ。さらに。

「〝パラライズ〟ですわ」

他の覆面さんも含めて、麻痺《まひ》魔法で動けなくしますわ。

普通であれば、ワタクシ剣を持っている方には怖くて立ち向かおうとなどは決して思いませんけれども。

ナタリー王女の作戦だとわかっていれば、ぜーんぜん怖くありませんわ〜。

そして時間が動き出すと。

「何⁉　俺の剣が一瞬で奪われただと⁉」

「指先1つ動かせん……！　どうなってるんだ⁉」

覆面さん達は、大層混乱してらっしゃるご様子。

ワタクシ、後ろにいたナタリー王女の方へ向き直りますわ。

「ところでナタリー王女、ワタクシ1つお話がありますの。殿下に取り入ろうと色々作戦を立てるにしても。楽しいお食事中に――」

「シャーロットさん、後ろですぅ！」

ナタリー王女がワタクシの背後を指差しますわ。

「戦いの最中に背中を見せるとは油断しすぎだ！　マヌケめ！」

後ろからそんな失礼な言葉も聞こえますわ。ワタクシが振り返ろうとする、その前に。

『自動迎撃スキル〝オートカウンター〟が発動します』

久々に聞く、あの変な耳鳴りがいたしますわ。

そしてワタクシが振り返ると。

「ぐわあああああああ！」

1人の覆面の方が、悲鳴を上げながら吹っ飛んでいくところでしたわ。

〝ドサッ〟

そして、近くの壁に激突なさいますわ。

「馬鹿な……！　俺は今何をされた……？　完璧に不意を突いて背後を取ったハズなのになぜ反撃される……？」

などとよく分からないことをおっしゃった後、気絶してしまわれましたわ。

「勝手に突っ込んできて1人で壁に向かって飛んでいって気絶……あの方、一体何がしたかったのでしょう……？」

ワタクシはため息をつきますわ。

これで動ける覆面の方は居なくなりましたわ。なんだかよく分からないですけれども、これで一件落着といったところでしょう。

「あぁ、怖かったですぅ～！」

ナタリー王女、地面にへたり込んで泣いてしまいましたわ。

「あら、どうしましょう……」

正直予想外の展開で、困ってしまいましたわ。

こんなに泣かれてしまっては、『今のはあなたの差し向けた覆面集団でしょう？』とはとても言えませんわね。

「ぐすん、実は今回お２人を招待したのは、殿下を略奪するためだったんですぅ〜。でも、全部失敗しちゃいましたぁ〜」

「やはりそうでしたのね」

殿下のおっしゃっていた通りでしたわ。

「悔しいけど、よく分かりましたぁ。アウゼス様の心にあたしが入り込める隙間がないことも。あたしじゃシャーロットさんに全然及ばないことも。それどころか助けられちゃって、完全敗北ですぅ〜。わーん、悔しいですぅ〜!!」

ナタリー王女、地面にへたり込んだまま大泣きしてしまいましたわ。

ワタクシ、ナタリー王女を優しくなだめながら泣《な》き止《や》むのを待ちますわ。

デザートを食べられなかったのはとても大きな心残りでしたけれども、ウェイトレスさんに『デザートを持ってきてくださいまし』とは言えませんでしたわ。レストランの中はめちゃくちゃになっておりましたし、ナタリー王女がわんわん泣いている横でデザートを食べる神経の太さはワタクシ持ち合わせておりませんもの。

半刻《はんとき》ほどしてナタリー王女が泣き止んだ後、ワタクシ達は予定通り王宮のゲストハウスへと案内されましたわ。

ナタリー王女の自作自演であったとはいえ、体面上は王女の暗殺未遂の直後。護衛は2倍に増えておりましたわ。

そして翌朝。

「アウゼス様。シャーロットさん。この度は本当にご迷惑をおかけしましたぁ〜」

ワタクシ達を迎えに来たナタリー王女は、顔を合わせるや否や頭を深く下げられましたわ。

一体、殿下はどうするおつもりでしょうか。ワタクシは様子を見守りますわ。

殿下は、少し考えるそぶりを見せた後、

「ナタリー王女。慕っていただける気持ちはうれしいが、人を陥れるような真似《まね》はいけません。もう二度としないと誓ってください」

と、叱る言葉を掛けるだけにしましたわ。ワタクシも巻き込まれはしましたけれども、一番の当事者である殿下がこれでことを納めるというのであればワタクシからは何も言うつもりはありませんわ。

「はい、ごめんなさいぃ……もうしません〜」

ナタリー王女は、さらに深く頭を下げられますわ。

「それとシャーロットさん、昨日は助けてくれてありがとうございましたぁ〜」

ワタクシの方にもナタリー王女が頭を下げられますわ。

「……？」

ワタクシ、なぜお礼を言われるのかわからず首をかしげてしまいますわ。ワタクシがしたことといえば、ナタリー王女の自作自演の暗殺劇を止めただけですのに。

助けを求めて殿下の方へ視線を送りますけれども、殿下は何故か微笑んでうなずくだけですわ。

一体なんでワタクシお礼を言われておりますの～⁉

とりあえず、お茶を濁すことにしますわ。こんなときはこう言っておけば間違いないのですわ。

「いえいえ、お礼なんて結構ですわ。大したことなんてしておりませんもの」

「大したことをしてないだなんて、シャーロットさんってば謙遜が過ぎますぅ～」

「ナタリー王女のおっしゃる通りだ。シャーロットさんの昨日の活躍は見事だった」

ワタクシ、微笑みで応じつつも頭の中は『？』でいっぱいでしたわ。

「アウゼス様、シャーロットさん。良ければまたいつか、恩人としてシストピ王国へお越しくださいねぇ～。もちろん次は何も企みはありませんよぉ。シストピ王国には、まだまだ紹介したい観光名所がたくさんあるんですぅ～」

「まぁ！　ありがとうございます！　ワタクシ、是非また来たいと思いますわ！　景色もきれいでしたし、昨日食べ損ねてしまったコースメニューのデザートを次こそいただけるのを楽しみにしておりますわ！」

「光栄です、ナタリー王女。僕もシストピ王国の観光名所が好きになってしまいました。次はどんなところへ案内していただけるか、楽しみです」

ワタクシ達が観光名所を褒めると、ナタリー王女は嬉しそうに微笑みましたわ。昨日までの笑顔とは違って、なんだかとても自然で素敵な笑顔ですわ。

　きっとナタリー王女は、心の底から自分の国を愛してらっしゃるのでしょう。

「ありがとうございます。それでは、全力でおもてなしさせていただきますねぇ〜。……ところでシャーロットさん、1つお願いがあるのですけれどぉ」

　ナタリー王女は、ワタクシの耳に顔を寄せて声を小さくしますわ。

「どなたか、お知り合いの男性を紹介してくれませんかぁ？　アウゼス様の心を射止めたシャーロットさんなら、きっと他にも素敵な男性の知り合いがいると、あたし見込んでいるんですよぉ〜。どうでしょうかぁ？」

　何の冗談でしょう、と思ってワタクシはナタリー王女の顔を覗《のぞ》き込《こ》むのですけれども。

　ナタリー王女、真剣そのものでしたわ。

「……残念ですけれども、ご期待には沿えませんわ。ワタクシ、殿下以外に殿方の知り合いはおりませんの」

「そ、そんなぁ〜」

　ナタリー王女、少し悲しそうな顔をしてらっしゃいますわ。

　こうして、ワタクシ達は見送られながらシストピ王国を後にしたのですわ。

第六章　火山に棲《す》むモンスターさんを食べますわ

「……という訳で。ワタクシはナタリー王女の策を看破して、殿下をお守りしたのですわ」

旅行から帰ってきた翌日。

ワタクシは、ユクシーさんとアリシアさんに旅行のお土産話をしていたのですわ。場所はワタクシの家の応接間。マリーが淹《い》れてくれたお茶を飲みながら、話に花を咲かせているところですわ。

「まず、アンタと王太子が幼《おさな》馴染《なじみ》だったってことに驚いたわ」

「ふふふ。ワタクシと殿下は、小さいころからの仲良しなのですわ。殿下は色々お忙しいお方ですから、中々遊びに出かけられる機会はないのですけれども。毎年の殿下の誕生日パーティーにはご招待いただいておりますし……最近だと、たまたま冒険者ギルドのプラチナ昇格試験でお会いしましたわ」

「プラチナ昇格試験⁉　王太子がそんなものに参加してるの⁉」

アリシアさんが驚きのあまり紅茶のカップを落としそうになりますわ。

「ええ。もちろん、表立って参加はできませんから、仮面を着けて〝アウロフ〟という偽名での参加でしたけれども。アリシアさん、このことはあまり口外しないでくださいまし」

「あの時のお疲れ様会で殿下と一緒にご飯食べたの、最高の思い出だなぁ～！」

ユクシーさん、あの日のディナーの様子を思い出してうっとりしてらっしゃいますわ。

「そして話を戻しますけれども。これが今回の旅行のお土産のクッキーですわ」

「ありがとうシャーロットお姉さん！　妹のエレナのお見舞いに持って行って一緒に食べるね！」

「あら、これ有名な老舗のクッキーじゃない！　アタシこれ好きなのよね」

お２人は嬉《うれ》しそうにクッキーの缶を受け取ってくださいますわ。

「シャーロットお姉さん！　旅行中の殿下とシャーロットお姉さんのお話、もっと聞かせて欲しいな！」

殿下の大ファンであるユクシーさん、殿下に関するお話に興味津々ですわ。

「土産話もいいけどアンタ達《たち》、今日集まった目的を忘れてないでしょうね？　次に受けるクエストを決めるんでしょ？」

「そうだったね。私、良《い》いクエストを見繕ってきたんだ。次はこれを受けるのはどうかな？」

そう言ってユクシーさんは依頼書をテーブルの上に出しますわ。

「次もまた、採取系クエストを受けようよ。火山で〝ブレイズオパール〟っていう宝石を採掘するんだ！」

「ブレイズオパール？　どんな宝石ですの？」

「魔力を加えると、発熱する性質がある宝石なんだ。武器とか高級調理器具に使われてて、需要が沢山あるから今回のクエストでは納品の上限がないんだって」

「つまり、沢山採っていけばその分報酬金が増えるってことね？　いいじゃない、大儲《おおもう》けのチャンスよ」

アリシアさんがニヤリと笑いますわ。

「荷物持ちならお任せ下さいまし！　ワタクシのアイテムボックスに入れて、宝石を沢山持ち帰ってきましょう！」

こうしてワタクシ達の次の目的地が決まったのですわ。


そして3日後。

「暑いですわ～」

ワタクシ達は火山地帯に来ておりますわ。

エイゾフ火山。街から馬車を乗り継いで2日ほどかかる場所にある山ですの。この山の頂近くの火山洞の奥に、目的のブレイズオパールが大量に眠っているそうですわ。

「アリシアさん、お金が沢山手に入ったらアリシアさんは何に使いますの？」

「アタシ？　そうね……まず、今借りてる宿が狭くてぼろっちいから、もう少し良いところに引っ越したいわね。それに、実家を追い出されたときに服とか全然持ち出せなかったから、身の回りの物をそろえないと。話はそれからね。アンタ達は何に使うの？」

「ワタクシは前々から気になっていた高級レストランに行くのに使おうと思いますわ！」

「私はもちろん、病院でリハビリ中の妹のために使うよ！　病院では最上級クラスの個室で過ごさせてあげたいし、退院したら大きい図書館と動物園付きの家で出迎えてあげたいんだ！」

ユクシーさんが力強く拳を掲げますわ。

「アンタ一体妹にいくらお金かけるつもりなのよ！　いくらあっても足りないでしょ」

「うん、いくらあっても足りないよ！　だからとにかく沢山お金を稼ぎたいんだ！」

ユクシーさん、燃えてらっしゃいますわ〜。

そんなお話をしながら、ワタクシ達は暑い山を登っていきますわ。

麓《ふもと》には多少緑がありましたけど、登り始めるとすぐに草木が生えなくなりましたわ。火山の気温の高さに加え、陽の光を遮る物がないのでとても暑いのですわ。

「腰掛けるのにちょうど良い高さの岩がありますわね。皆様、ここで一度休憩にいたしましょう」

「はーい！」

ユクシーさんが勢いよく岩に腰掛けますわ。まだまだ元気そうですわね。

一方のアリシアさんはへとへとのご様子で、腰掛けるどころか岩にうつ伏せで倒れ込んでしまいましたわ。

「うぅ、疲れたわ……！」

「はい、お水ですわ」

ワタクシも岩に腰掛けますわ。そして、アイテムボックスの入り口を開けて、中でコップに水を汲《く》んでお2人にお渡ししますわ。

「ありがとう、シャーロットお姉さん。アイテムボックスがあると、こういう厳しい環境が凄《すご》く楽になるね！」

「ホント助かるわ……！　アンタのギフト〝アイテムボックス〟めちゃくちゃ便利よね。荷物とか全部預けられるし、こんな風に水も飲み放題だし」

お2人とも、美味《おい》しそうに水を飲んでらっしゃいますわ。

「ふふふ。お褒めにあずかり光栄ですわ。ただ、ワタクシのアイテムボックスは、後から使えるようになったものでギフトではありませんのよ」

「そ、そうだったの!?　じゃあ、アンタのギフトってなんなのよ？」

「よくぞ聞いて下さいました。ワタクシのギフトは【モンスターイーター】。倒したモンスターさんが美味しいお料理になる素晴らしいギフトなのですわ！」

「あー、そうなのね」

アリシアさん、反応がとても薄いですわ。

「ちょっと、聞いていますのアリシアさん？　【モンスターイーター】の効果で出てくるお料理は、とっても美味しいんですのよ！」

「止めてよねー。この暑くて疲れてるときにそんな冗談」

ワタクシのギフト、冗談だと思われていますわ。

「アリシアさん、冗談ではありませんわ！　ワタクシの【モンスターイーター】は本当に存在するのですわ～！」

「そうだよ、シャーロットお姉さんの【モンスターイーター】の料理、私も食べたことあるけど凄く美味しいんだよ！　それにね、食べるとレベルが1上がるんだよ！」

「分かった、信じるわ。信じるからもう少し静かに休ませてよね」

アリシアさんが岩に倒れ込んだままの姿勢で答えますわ。明らかに信じていらっしゃらない様子ですわ……。

と、そんなことがあって。しばらく休憩した後、ワタクシ達は登山を再開しましたわ。

「ブレイズオパール♪　ブレイズオパール♪　採り放題～♪　お金をざくざく稼ぎ放題～♪」

ご機嫌な鼻歌を歌いながら先頭を歩いているのはユクシーさん。気分が高揚しているのかスキップまでしていますわ。

「ユクシー、アンタ元気ねぇ。こっちはへとへとだっていうのに。体力お化けめ……」

アリシアさんがユクシーさんを恨めしそうに見てらっしゃいますわ。

「ユクシーさんの体力お化けですわ～」

「た、体力お化けじゃないよ！　一般的な冒険者の範囲だよ！」

拳を上下に振りながらユクシーさんが抗議なさいますわ。

こんな風におしゃべりしながら、しばらく歩いていると。急にユクシーさんのお耳がピクリと動きましたわ。

「シャーロットお姉さん！　モンスターの足音がするよ！」

集中すると、確かにモンスターさんの気配がしますわ。

「ちょうど良い時間ですし、倒してお昼ご飯にしましょう」

「やった～！　またシャーロットお姉さんのご飯が食べられる～♪」

ユクシーさん、バンザイして喜んでくださいますわ。

「モンスターさんの気配は、一直線にこちらに近づいてきますわね。きっと、アリシアさんの【黒の聖女】のお力ですわ。ありがとうございます、アリシアさん」

「アリシアさん、ありがとう！」

「――！　べ、べつにお礼なんて良いわよ。アタシは何もしてなくて、モンスターが勝手に寄ってきてるだけなんだから」

アリシアさん、目をそらしてしまいましたわ。表情は見えませんけれども、頬が少し紅《あか》くなっているのが分かりましたわ。

「照れちゃったね、シャーロットお姉さん」

「照れてしまいましたわね」

「うっさい！　照れて！　ないから！」

アリシアさん、地面を踏みつけて怒ってしまいますわ。

少しからかい過ぎましたかしら？

「ほら、そんなことよりモンスターが来たわ！　さっさと倒すわよ!!」

『ブモオオォ！』

やって来たモンスターさんの姿をみて、ワタクシ驚いてしまいましたわ。

「毛皮が燃えてらっしゃいますわ……!?」

突進してくるのは立派なツノの生えた雄牛さん。背中の毛皮が燃えていて、見るだけで熱そうですわ。ご自分は熱くないのでしょうか？

「あれは〝フレイムバッファロー〟だよシャーロットお姉さん！　近づくだけで火傷《やけど》しちゃうから私は手が出せないな。シャーロットお姉さんとアリシアさんの魔法にお任せするね！」

「わかりましたわ」

「任しときなさい」

アリシアさんも魔法の弓矢を構えますわ。

しかし正直なところ、今ワタクシは暑さで食欲が落ちておりますの。ガッツリとしたお肉系ではなく、サラダなどのあっさり系やシャーベットなどの冷たい系が食べたいというのが本音ですわ。

〝ドドドドド……！〟

フレイムバッファローさん、角を突き出して突進してきますわ。

「アリシアさん、ここはワタクシにお任せ下さいまし。〝プチファイア〟ですわ」

ワタクシ、魔法の火の塊をぶつけますわ！

『ブモオオオオオオォ！』

フレイムバッファローさんが炎に包まれますわ。

「火を纏《まと》うモンスターを火属性魔法一撃で倒す……まぁ、アダマンタイトゴーレムを一撃で倒すアンタを常識で考えちゃいけないわよね。アンタが何やってもアタシは驚かないわよ」

アリシアさんがあきれたようなため息とともにそう言いましたわ。

炎が消えて、フレイムバッファローさんのお料理が出てきますわ。今回のお料理は――

「ビーフカレーですわ！」

「何それ⁉　モンスターを倒したら料理になるってこと⁉」

「早速驚いてるよ、アリシアさん」

今回出現したビーフカレーは３皿。ちゃんとアリシアさんのネームプレートが付いたお皿もありますわ。良かったですわ〜！

「アリシアさん、ワタクシ先ほど、ワタクシのギフト【モンスターイーター】の効果について説明いたしましたわよ？」

「はぁ⁉　あれ冗談じゃなかったの⁉」

「あれほど冗談ではないと申し上げましたのに。もう、アリシアさんってば！」

ワタクシは唇を尖《とが》らせますわ。

「わ、悪かったわよ。でも、まさかそんなギフトが本当に存在するなんて思わないじゃない」

「確かに、最初にモンスターさんを倒してお料理が出てきたときはワタクシ自身も驚きましたわ」

「それでこの、〝アリシア・ウィンザー〟って名前のネームプレートが付いてるお皿がアタシの分のカレーってことかしら？　……本当にギフトで出てきた料理が食べられるの？」

「ふふふ。試してみてくださいまし」

ワタクシ、アイテムボックスからスプーンを出してアリシアさんにお渡ししますわ。アリシアさんはカレーをひとすくいして口に運んで――

「なにこれ⁉　びっくりするくらい美味しいじゃないの！」

と叫びましたわ。

いつかのように、口に入れる前にカレーが消えてしまうようなことがなくて、ワタクシ一安心ですわ。

「モンスターがいきなり料理になるってだけでびっくりしたのに、こんなに美味しいなんて予想外すぎるわよ！　どうなってるのよ、もう！」

「アリシアさんがカレーを食べるのを見ていたらワタクシますますお腹《なか》がすいてきましたわ！　早くいただきましょう！」

「急いで準備しよう、シャーロットお姉さん！」

日陰になる木がないので代わりにパラソルを立てて。テーブルと椅子を用意して。さぁ、食事の支度が整いましたわ！

「「「いただきます（わー）！」」」

パクリ。

これは……！

口の中で燃えるような辛《から》さ！　しかし、それが食欲を掻《か》き立《た》てるのですわ！

ワタクシ先ほど『暑くて食欲が落ちている』と言いましたかしら？

嘘《うそ》ですわ～！

カレーのスパイシーさで食欲増し増し。お皿まで食べてしまいそうなくらいですわ！

「辛い！　けど美味しくって食べるのを止められない！　シャーロットお姉さん、お水ちょうだい！」

「アタシももらうわ！」

お2人もお水を飲みながらすごい勢いでカレーを口に運んでいきますわ。ワタクシも同じように水とカレーを口に運びますわ。

こんなに。こんなに辛いのに。

食べる手が止められませんわ〜！

そしてフレイムバッファローさんのお肉は、アツアツで噛《か》み締《し》めるたびに旨味《うまみ》がにじみ出てきてとっても美味ですわ！　カレーのスパイスもたっぷり染み込んでいますわ！

パクパクですわ！

「美味しかったですわ〜！」

やはり暑いときにはカレーが一番ですわね。さっきまでの疲れも嘘のように、身体《からだ》に活力がみなぎっておりますわ！

『モンスターを食べたことによりレベルが上がりました』

『フレイムバッファロー捕食ボーナス。魔法〝フレイムランタン〟を修得しました』

「あら？　ワタクシ、新しい魔法を覚えたようですわ。早速試してみますわね。〝フレイムランタン〟ですわ！」

〝ボゥッ！〟

魔法を使うと炎で出来たランタンが現れて、ワタクシの数歩先をふらふら漂っておりますわ。

これは夜道を歩くときに足下を照らしてくださる魔法でしょうか？　両手が空くので、なかなか便利ですわ！

「ねぇ、今急にレベルが上がったんだけど。なにこれ？　アンタの料理を食べたらレベルが1上がるっていうのも本当だったの……⁉」

「本当なんだよ、アリシアさん」

「破格すぎでしょ……！　どうなってるのよ、もう」

アリシアさん、大変驚いてらっしゃいますわ。

「さぁ皆様、腹ごしらえも済んだところで先へ進みましょう」

「「おー！」」

こうしてワタクシ達は歩くのを再開しましたわ。そしてしばらくすると。

「着いた！　さぁ、ここが目的地だよ」

ユクシーさんの指差す先では、岩山の斜面に洞窟が口を開けていらっしゃいますわ。

「ところで皆様、ここに来るまで沢山汗をかいたことですし、ここで一度水浴びいたしませんこと？　洞窟の中なら人目にも付きにくいですし」

「「賛成‼」」

洞窟の中に入ると、入り口のすぐそばにちょうど良い横穴がありましたわ。ここで水浴びするのが良いですわね。

「……周りに人がいないのは念入りに確認しましたけれども。横穴とはいえ遮るものがない屋外で服を脱ぐのはやはり抵抗がありますわね」

　お2人もうなずいて同意を示してくださいますわ。

　壁か何か、遮るものがあればよいのですけれども……。なにか、この状況で役に立つ魔法は……。

「思いつきましたわ！　〝ファイアーウォール〟ですわ！」

　ワタクシ、魔法で炎の壁を出して横穴の出入り口をふさぎますわ。

「これで外から見えることはありませんわ。炎の壁から離れれば熱くはありませんし。これで心置きなく水浴びできますわ」

「シャーロットお姉さん凄い！　魔法のレパートリーが豊富すぎるよ！」

「あきれたわ。アンタ何種類魔法使えるのよ。アタシなんて1種類しか使えないのに……」

　アリシアさんがため息をつきますわ。

「今はそんなことより、水浴びをしてさっぱりいたしましょう！　水はたっぷり用意しておりますから、遠慮無く使ってくださいまし」

　ワタクシ、アイテムボックスから水がいっぱいに入った樽《たる》と洗面器を用意しますわ。

「ありがとうシャーロットお姉さん！　この暑い火山で思いっきり水浴びできるの、凄く有り難いよ！」

「ほんっと便利よね、アイテムボックス。助かるわ～」

　ワタクシ達は服を脱いで、頭から水を被《かぶ》りますわ。

〝ザバァッ！〟

「冷たくて気持ちいいですわ～！」

火照った身体が急に冷やされて、とても爽快ですわ！

「水浴び気持ちいいね、シャーロットお姉さん！」

「ああ、生き返るわ～」

お2人も気持ちよさそうに何度も頭から水を被ってらっしゃいますわ。

「それにしても、アリシアさんって凄くスタイル良いなぁ。羨ましい……」

ユクシーさん、おもちゃ屋さんの前の子供の様に目を輝かせておりますわ。そして、視線はアリシアさんの身体の胸のあたりに釘付《くぎづ》けですわ。

「あら。何アンタ、こんなものが羨ましいの？」

両手でアリシアさんが自分のお胸を軽く持ち上げますわ。

「こんなもの、あってもいいこと無いわよ？　重いし走ると揺れて邪魔だし、暑いと汗がまとわりつくし。出来ることなら荷物と一緒にシャーロットのアイテムボックスに預けておきたいくらいよ」

「えー。でも羨ましいよ」

ユクシーさんは物欲しそうな顔でアリシアさんを見上げておりますわ。

「……アリシアさん、1回だけ触ってみてもいい？」

「はぁ⁉　いいわけないでしょ！」

〝ザバァ！〟

アリシアさんがユクシーさんに頭から水を掛けますわ。

「わーん、耳にちょっとお水入っちゃったよ～！」

ユクシーさんがクマのような耳をブルブルと動かして水を吹き飛ばしますわ。

「シャーロットお姉さんはどう思う？　あの胸、羨ましくない？」

ユクシーさんがこちらを向いてワタクシに聞きますわ。

「そうですわね……スタイルもお見事ですけれども、ワタクシはそれよりもアリシアさんの真っ白なお肌が羨ましいですわ」

「確かに！　アリシアさん、肌も真っ白で綺麗《きれい》だよね！　いいなー、アリシアさん」

「～！　ああもううるさい！　褒めるの禁止！」

〝ザバァ！〟

ワタクシとユクシーさん、顔を真っ赤にしたアリシアさんにお水を掛けられてしまいましたわ。

こんな風に、ワタクシ達は存分に水浴びを楽しみましたわ。

「ふぅ、さっぱりしましたわ～！」

「さっぱりしたね、シャーロットお姉さん」

服を着た後、髪をタオルで乾かしながらユクシーさんが言いますわ。

「水で身体も冷えて、大分楽になったわ」

服を着たアリシアさんが伸びをしますわ。強調される胸のボディラインを、ユクシーさんがまた羨ましそうに見上げてらっしゃいますの。

「では、リフレッシュしたところで先へ進みましょう」

「「おー！」」

ワタクシ達は洞窟の中を歩き始めますわ。

「……入り口から遠くなって、だんだんと暗くてなってきましたわね。〝フレイムランタン〟ですわ」

先ほど覚えたばかりの魔法で、足元を照らしますわ。

ワタクシは夜目が利くのでこのくらいの暗さでも問題ありませんけれども、他のお２人はそうもいきませんもの。

ワタクシが先頭に立ち、ユクシーさんとアリシアさんが後ろから付いてくる形でワタクシ達は洞窟をどんどん進んでいきますわ。

「あら、洞窟の奥の方から何やら光が差してきますわね」

洞窟が大きく曲がっていて、角の先から光が差しておりますわ。陽の光とは違う、赤っぽい光ですわ。一体なんでしょう。

「シャーロットお姉さん、この先には近づく人を攻撃してくる大型モンスターがいるらしいから気をつけてね。シャーロットお姉さんなら問題ないと思うけど」

「分かりましたわ」

注意しながらワタクシが角を曲がったとき。

〝バシュッ！〟

洞窟の奥から何かが飛んできて、ワタクシの横の壁に当たりましたわ。

〝ベチャッ〟

壁に赤黒い何かがへばりつきましたわ。これは……。

「マグマですわ～！」

〝バシュ！　バシュ！〟

洞窟の奥から、マグマが連続で飛んできますの。

「〝ウォーターショット〟ですわ！」

ワタクシ、魔法でマグマを撃ち落としていきますわ。

「何ですのこれ⁉」

飛んでくるマグマに気をつけながら洞窟の奥を見ると……。そこにはマグマの池が広がっていましたわ。その中を何かが動いていますわ。マグマの池から飛び出しているのは……背びれでしょうか？

そして。

〝ザバァ！〟

マグマの中から、巨大なナマズのような魚モンスターさんが顔を出しましたわ。

〝バシュッ！〟

そして口からマグマを吐き出してきましたわ～！

「先ほどから飛んでくるマグマ、あなたの仕業だったのですわね！」

ワタクシはまた魔法で飛んできたマグマを撃ち落としますわ。

「シャーロットお姉さん、あの魚モンスターは〝ラヴァフィッシュ〟。この辺りのヌシみたいなモンスターだよ！　宝石が採れる場所に行くには、ラヴァフィッシュが棲むマグマの池の横を抜けていかないといけないんだ！」

「なんですって⁉」

「それに、ラヴァフィッシュは縄張り意識が強いから、宝石を採っている最中にもどんどんマグマを吹きかけてくるらしいよ！」

「迷惑なモンスターさんですわね！　なるほど、だからこそこの場所での宝石採取が難しくて、大量の宝石が眠ったままになっているのですね」

ユクシーさんが頷《うなず》きますわ。

「シャーロットお姉さんなら、ラヴァフィッシュなんて魔法一発で仕留めて簡単にお料理にして食べられるよね？」

「それは難しいですわね……ここから魔法を当ててお料理にしても、お料理がマグマの中に落ちてしまいますわ」

「魔法一発で倒す方の自信はあるわけね。相変わらずあきれた火力だわ」

アリシアさん、何やらため息をついてらっしゃいますわ。

「アタシに考えがあるわ。ユクシー、ここに落とし穴を設置してくれない？　そしたら後は、アタシがラヴァフィッシュをここまで引きずり出すわ」

「分かった！　【錬金術】発動！」

ユクシーさんが触れると、その周りの地面が光りますわ。この下は中がスカスカになって、重さが掛かるとすぐ沈む様になっているはずですわ。

「じゃ、始めるわよ」

そう言ってアリシアさんはマグマの池の近くに歩いて行きますわ。

〝ザバァ！〟

マグマの池からラヴァフィッシュさんが顔を出して、マグマを吐き出そうとするのですけれども。

「アタシの方が早いわ！　〝ブラックアロー〟！」

アリシアさんが魔法の矢を放ちますわ。矢は、ラヴァフィッシュさんの口の中に当たりますわ。

『ガボッ！』

マグマを吐き出そうとしていたラヴァフィッシュさんが、咳《せ》き込《こ》みますわ。

「なるほど、ラヴァフィッシュさんの口の中にあるマグマを吐き出す器官を破壊したのですわね」

「そう。これでラヴァフィッシュに池の中からの攻撃手段はなくなったわ」

こちらからはアリシアさんの表情は見えませんけれども、きっと得意げな顔をしてらっしゃることでしょう。

「さぁどうするの、お魚さん？　得意のマグマは吐けなくなったわよ。そこから出てきてアタシに嚙《か》みついてみなさいよ」

アリシアさん、手招きする動作でラヴァフィッシュさんを挑発なさいますわ。

『ウヴァ――！』

アリシアさんの挑発が効いたのかはわかりませんけれども、ラヴァフィッシュさんがマグマの池から這《は》い出てきましたわ。

「さぁ、悔しかったら捕まえてみなさいよ！」

走って逃げるアリシアさんを、ラヴァフィッシュさんが這って追いかけますわ。

そして。

〝ズボッ！〟

ユクシーさんが設置していた落とし穴にハマりましたわ。

「お見事ですわアリシアさん。ラヴァフィッシュのマグマを吐き出す力を奪って、アリシアさんのモンスターを引きよせる体質を使ってラヴァフィッシュさんを地上に引きずり出したのですわね」

「そういうこと。シャーロット、トドメは任せたわよ」

「お任せくださいまし！　〝プチファイア〟ですわ！」

ワタクシは魔法をラヴァフィッシュに向けて撃ちますわ。

そして――

「アクアパッツァになりましたわ！」

お皿には、香ばしい香りを放つ白身魚がドンと載ってらっしゃいますわ。

白ワインとオリーブオイル、トマト、そしてニンニクの香りがものすごく、ものすごく食欲を掻き立てるのですわ……！

「早速いただきましょう！」

ワタクシはテーブルと椅子を用意しますわ。そして、

「「「いただきまーす!!」」」

パクリ。

切り身を口にした瞬間。

〝ホロリ〟

口の中でお肉がほどけていきますわ！

このきめ細かな白身の食感。癖になってしまいますわ〜！

更に白身魚のお肉とアクアパッツァという調理方法の相性は抜群。上品な白身魚の風味が、ニンニクとワインの風味と繊細に絡み合って極上のハーモニーを奏でておりますの！

「シャーロットお姉さん、私この食感がクセになっちゃいそう！」

「美味しいわ！　アタシは正直、あのナマズ顔が不気味であんまり食べるの気が進まなかったんだけど。意外と上品な味じゃない！　モンスターの味って見た目によらないのね」

「普通の魚の方のナマズも美味しいんだよ、アリシアさん。泥臭いから調理方法に工夫が必要だけど。昔お腹が空いた時は、よく近くの池で捕まえて食べてたなぁ」

ワタクシたちは夢中で料理を口に運びますわ。

パクパクですわ！

『ボスクラスモンスター〝ラヴァフィッシュ〟を食べたことによりレベルが5上がりました』

『ラヴァフィッシュ捕食ボーナス。レアスキル〝炎属性攻撃完全無効〟を修得しました』

そしておなじみの耳鳴りですわ。

「やったー！　私、またレベルが上がったよ！」

「アタシもよ。こんなにレベルがポンポン上がっていいのかしら……」

ユクシーさんは飛び上がって喜んで、アリシアさんは何やら複雑そうな顔をしてらっしゃいますわ。

シャーロット・ネイビー　LV128
◇◇◇パラメータ◇◇◇
○HP：110／110　○MP：177／177
○筋力：94　○魔力：148
○防御力：121（＋ボーナス150）　○敏捷《びんしょう》：80
◇◇◇スキル◇◇◇
○索敵LV8　○オートカウンター（レア）
○無限アイテムボックス（レア）　○状態異常完全遮断（レア）
○全属性魔法耐性（レア）　○オートヒールLV10
○ナイトビジョン　○防御力ブースト

○パーティーリンク
○炎属性攻撃完全無効（レア）［Ｎｅｗ!!］
　炎属性の攻撃を完全に無効化する

◇◇◇使用可能魔法◇◇◇
○プチファイア
○プチアイス
○パラライズ
○ステルス
○ファイアーウォール
○トルネード
○ウォーターショット（威力＋４）
○バブル
○グラビティプレス
○タイムストップ
○ウインドカッター
○エンゼルウイング
○エクスプロージョン
○ヒートストーム
○フレイムランタン［Ｎｅｗ!!］

「では、邪魔なラヴァフィッシュさんにもご退場いただいたところで。いよいよ宝石採掘にかかりますわよ！」

「「おー！」」

　溶岩の池の横を抜けて洞窟の奥へ進むと、宝石の採掘場所が広がっていましたわ。掘りかけの岩や壊れてしまったピッケルなどが転がっていてわかりやすいですわ。

「シャーロットお姉さん、ピッケルをちょうだい」

「はい、こちらをどうぞ」

ワタクシは、アイテムボックスからピッケルを取り出してユクシーさんにお渡ししますわ。

「2人とも、見ててね。行くよ、えい！」

〝ガツン！〟

ユクシーさんが洞窟の壁を叩《たた》くと、岩の塊が剝がれ落ちますわ。更に叩いて塊を割ると、岩の断面に真っ赤な石が現れましたわ。

「まぁ！　炎のように光がゆらめいていて、とても綺麗ですわ～」

「なんか見るからに高そうな宝石って感じよね」

「そうなんだよ！　ブレイズオパールは、装飾品としても価値が高いんだ！　だから需要が沢山あって、高く買い取ってもらえるんだ！　さぁ、みんなでブレイズオパールを沢山掘ろう！」

〝ガツン！　ガツン！〟

ユクシーさん、楽しそうにピッケルを振るい始めますわ。

ワタクシも頑張りますわ。えいっ。

〝ガツン!!　ボロボロボロッ……！〟

ワタクシがピッケルで叩くと、洞窟の壁が沢山剝がれ落ちますわ。

採掘作業とはかなりハードな仕事だと思っていたのですけれども。軽くピッケルを打ち込んだだけで岩がボロボロとこぼれ落ちますわ。まるでパンケーキのような柔らかさですわ。

「ここの岩、柔らかいですすわね」

「そんなわけないでしょ！　アンタがすご過ぎるだけよ」

アリシアさんもピッケルを洞窟の壁に打ち付けてらっしゃるのですけれども、小石ほどの塊がポロポロと剝がれ落ちるだけですわ。きっとなにかコツがあって、アリシアさんはそれをつかめていないのでしょう。

「……やめた。掘る方は怪力お化けのアンタに任せるわ。アイテムボックスの入り口、なるべく低いところで開きっぱなしにしといてよ。アタシはアンタが掘ったブレイズオパールをアイテムボックスに放り込む仕事してるから」

「分かりましたわ、よろしくお願いしますわね」

怪力お化け呼びされてちょっと釈然としませんけれども。役割分担は大事ですわ。

と、まあこんな具合に役割を分担してワタクシ達はサクサクと掘り進めて来たのですけれども。

〝カツーン！〟

なんだか、硬い岩の層が出て来ましたわ。

「シャーロットお姉さん、あまり無理して掘っちゃダメだよ。それはこの辺りで出現する特に硬い岩盤なんだって。ピッケルよりも硬いから、無理するとピッケルの方が折れちゃうよ」

「あら。それは困りましたわね」

「この層さえ乗り切ればまたブレイズオパールが出てくるようになるはずなんだけど……そうだシャーロットお姉さん、あの時覚えた魔法はどうかかな？」

「なるほど。使う機会がなくて忘れていましたけど、あの魔法なら。皆様、離れてくださいまし」

お2人がしっかりと離れたのを確認して。

「〝エクスプロージョン〟ですわ！」

〝ドカアアァアン！〟

爆発が起きて、硬い岩盤層を丸ごと吹き飛ばしてくださいましたわ。

「モンスターさん相手に使ってもお料理にできないですし、使い道のない魔法と思っていたのですけれども。まさかこんな使い道があるとは思いませんでしたわ」

「ねぇシャーロット。間違ってもその魔法、人に向けて使わないでよね！」

「もちろんですわ」

「さぁ、ザクザク掘ろう～！　全部売ったらいくらになるのか、楽しみだな～♪」

ユクシーさんはまた楽しそうにピッケルを振るい始めますわ。

〝エクスプロージョン〟でブレイズオパールを含んだ岩を掘るとブレイズオパールまで粉々にしてしまうでしょう。魔法による採掘はやめておいた方が良さそうですわね。

ワタクシ、またピッケルで採掘作業を再開しますわ。


そして夕方。

「だいぶ掘り尽くしちゃったね……」

洞窟の中は来た時よりも明らかに広くなっていますわ。

ブレイズオパールが密集していたエリアは掘り尽くしてしまったようで、もう掘っても全く宝石は出てきませんわ。

「ちょうどいいですし、今日はお開きにいたしましょうか」

「そうだね。沢山宝石を掘れて、私大満足だー！」

ユクシーさん、両腕に山盛りの宝石を抱えてホクホク顔ですわ。

「アタシも賛成。ていうか、もうこれ以上腕が上がらないわよ～！」

一方のアリシアさんは両腕をだらんと垂らして疲れ切った顔をしてらっしゃいますわ。

というわけでワタクシ達は、洞窟を後にしますわ。

「風が気持ちいいですわ……！」

昼間は洞窟の外でも暑かったですけれども、陽が落ちて大分過ごしやすい気温になっておりますわ。この程度の気温なら、ここで1泊しても問題なさそうですわね。

ワタクシ達は少し開けた場所にテントを張りますわ。

「火山にはあまりモンスターさんがいないようですし、今夜は持ってきた食材を使って晩ごはんにしますわよ」

ブロックベーコン。カボチャ。人参《にんじん》。タマネギ。それにパンと調味料。これを焼いて、今夜はバーベキューですわ！

ワタクシがアイテムボックスから食材と道具を出すと、ユクシーさんが火を起こしたりと手際よく準備を始めてくださいますわ。

「ねぇ、アタシも何か手伝うことあるかしら？」

手持ち無沙汰になっているアリシアさんが、気まずそうにユクシーさんに尋ねますわ。

「じゃあ、包丁で野菜を切って欲しいな。アリシアさん、料理は得意？」

「ふん、任せときなさい！　料理なんてしたことないけど、アタシにかかればそのくらい楽勝よ」

アリシアさんは得意げに胸を叩きますわ。その自信、どこから来るのでしょう？

勢いよくアリシアさんがカボチャに包丁を振り下ろすと。

〝ゴロンッ〟

まな板の上でカボチャが転がりますわ。

包丁はカボチャの皮の表面を削っただけ。そしてカボチャは、転がって地面に落ちてしまいましたわ。

「あ、ちょっと！　待ちなさいよ！」

運の悪いことにカボチャは下り坂の方へ転がってしまい、そのままどんどん転がり落ちていきますわ。

「いけませんわ。〝タイムストップ〟ですわ！」

ワタクシは時間を止めて、なんとかカボチャを回収しますわ。

「あれ、カボチャがいつの間にかテーブルの上に戻ってる⁉　……シャーロット、まさかアンタ転がっていったカボチャを回収するために時間を止めた？」

「ええ、そのまさかですわ。時間を止める魔法は、こういうときに便利なのですわ」

「時間停止魔法をどんな使い方してんのよ……」

アリシアさん、あきれた様な顔をしてらっしゃいますわ。

「どうやらカボチャを切るのはアリシアさんには難しかったようですわね。ここはワタクシに任せてくださいまし」

「むぅ。アンタ、料理したことあるの？」

「ありませんわ。ですがご安心くださいまし。侯爵家にいた頃、料理ができる様子が楽しみでよく厨房《ちゅうぼう》に遊びにいっていましたの。シェフが料理するところは沢山見て来ましたわ」

ワタクシは洗ったカボチャをまな板の上におきますわ。

「カボチャはこう、ゆっくりと体重をかけながら力を込めて切るのですわ」

〝スパァン！〟

大きな音がして、カボチャごとまな板が真っ二つになってしまいましたわ。力を込めすぎたのでしょうか？

「アンタも同じレベルじゃないの」

「……失礼しましたわ。大丈夫、何かあったときのために、調理器具は全部２セット揃《そろ》えておりますの」

ワタクシは真っ二つになってしまったまな板をそそくさとアイテムボックスにしまい、新しいものを取り出しますわ。

「ユクシーさん、ワタクシ達に刃物の扱いは向いておりませんわ。何か、他のお手伝いはありますでしょうか？」

「えぇっと……火も起こしたし他には……そうだ、これは大事なお仕事なんだけどね。モンスターが邪魔しにこないようにあたりを見張ってて欲しいんだ」

「わかりましたわ」

「任せときなさい。バッチリ見張っとくから」

ワタクシとアリシアさんは、少し離れた場所に移動して周囲の見張りを始めますわ。後ろでは、ユクシーさんが手際よく野菜を切っておられますわ。

「役立たずのワタクシ達に形だけでもお仕事をくださって。ユクシーさんは優しいですわね」

「アンタはアイテムボックスで荷物運びしてる分まだマシよ。アタシは本当に何もできてないのよ。食後の片付けは全部アタシがやるから。このままじゃ、アタシ本当に役立たずのままじゃない」

ユクシーさんが野菜を切る音だけが響く森を、しばらく2人で虚《むな》しく眺めていましたわ。

そして、ユクシーさんの仕込みが完了しましたわ。

「「「いただきます！」」」

ワタクシ達は談笑しながらバーベキューを楽しみますわ。

「あら？　アリシアさん、先程から野菜を取っていなくありませんこと？」

「べ、別にいいでしょそれくらい。苦手なものは苦手なのよ」

アリシアさんが苦い顔をしますわ。

「好き嫌いは良くないよアリシアさん。私が食べやすいように簡単に料理してあげるね。シャーロットお姉さんも食べる？」

「もちろんいただきますわ！　ありがとうございますユクシーさん」

ユクシーさん、手際よくベーコンと細切れの野菜を使ったトマトのミネストローネを作ってくださいましたわ。

ユクシーさんがミネストローネをすくったスプーンをアリシアさんの口元に運びますわ。

「はい、あーんしてね～」

「ねぇ、これはどういうこと……？」

アリシアさん、口を開けながら困惑してらっしゃいますわ。

ユクシーさんははっと我に返ったご様子で。

「ち、違うの！　よく病気の妹にこうやって食べさせてあげてたから、ついクセで！」

慌てるユクシーさんを見て、アリシアさんがいたずらっぽく笑いますわ。

「へぇ、そうなんだ～。アタシにも食べさせてほしいな、お姉ちゃん♪」

「もう、アリシアさんってば！」

ユクシーさん、手をぶんぶん振り回して抗議なさいますわ。

「ミネストローネ、美味しそうですわね。……ユクシーさん、ワタクシにも〝あーん〟ってしてくださいます？」

「もう、シャーロットお姉さんまで～！」

そうして和気藹々《わきあいあい》と晩御飯を終えて、本日2度目の水浴びをした後皆さんで寝ることになりましたわ。

以前はテントの中に大きなベッドを1つ置いて、ワタクシとユクシーさんで一緒に寝ていましたけれども。さすがに3人に増えると1つのベッドでは狭いので、今回からテントの中には小さなベッドを3つ置いておりますわ。

そして、メンバーが増えたことで、交代で見張りを立てられるようになりましたわ。

これまではテントの周りにユクシーさんが罠《わな》を張ってくださっていたのですけれども、それも完璧ではありませんわ。

3交代で見張りを立てながら野営した方が安心というもの。

見張りの仕事は簡単。テントの周りに火を起こして、モンスターさんが近づいてきたらテントの中で寝ている仲間に知らせるだけですわ。

じゃんけんの結果、最初の見張りはワタクシになりましたわ。

「おやすみなさい、シャーロットお姉さん」

「先に休ませてもらうわね」

「ええ。お2人とも、ごゆっくりお休みくださいまし」

ワタクシは、テントの中に入っていく2人の背中を見届けましたわ。

「静かですわね……」

聞こえてくるのは、風の音と焚《た》き木《ぎ》が偶《たま》に弾《はじ》ける音。辺りにモンスターさんの気配もありませんわ。

　ワタクシは、焚き火の隣にテーブルと椅子を出してのんびりと夜の空を眺めますわ。

「少しお口が寂しいですわね」

　眠気覚ましも兼ねて、ワタクシは焚き火を使って紅茶を淹れますわ。こうやってのんびりと焚き火の音を聞きながら紅茶を飲むというのも、風情があって良いですわね。

「この旅が終わったら、次はどんなモンスターさんを食べましょうか……」

　などとワタクシが考えていた時。テントからアリシアさんが出てきましたわ。

「あら、交代の時間にはまだ早いのではなくて？」

「分かってるわ。ちょっと、悪い夢見て起きちゃったのよ。椅子、もう1個出してくれない？」

　ワタクシが出した椅子にアリシアさんが腰掛けますわ。なんだか、元気がありませんわ。

「大丈夫ですの？　どんな夢を見ましたの？」

「ギフトを授かった時の夢よ。これまで、立派な聖女になることを目指してたアタシが、一気にその希望を奪われてどん底に落とされた時の夢」

　アリシアさんがいつになく沈んだ顔で話し始めますわ。ワタクシ、しっかりと耳を傾けることにしますわ。

「……まず、聖女の一族の中でも格付けがあるのよ。力の弱い聖女じゃ小さな結界しか張れないし。力の強い聖女じゃないと、大きな街の結界は任せてもらえないわ。そして、一族は当主が仕切っているわ。当主の決定は絶対なのよ」

そういえば、ワタクシの街に聖女様が結界を張ってくださった時にも、隣に当主と呼ばれる方がいらっしゃいましたわね。

「そして、特に偉大な功績を残した聖女には〝大聖女〟の称号が与えられるのよ。歴代でもほんの数人しかいない、すべての聖女の憧れよ。小さいころからアタシも憧れてた。そして、アタシのママも大聖女だったわ」

「まぁ、アリシアさんのお母様、そんなに凄い方だったのですわね」

「ええ、自慢の母親よ。……でもアタシが10歳の時、ママは病気で死んじゃった。最期にね、ママと約束したのよ。アタシも、ママと同じ大聖女になるって。それからアタシは一層訓練に力を入れたわ。それなのに……」

アリシアさん、テーブルの上で拳をぎゅっと握り締めますわ。

「15歳の日、アタシが授かったギフトは【黒の聖女】。大聖女になるどころか、『忌まわしい力を持つお前は聖女の一族に居てはならない！』って当主に追放されたわ。アタシの夢は、絶対に叶《かな》わないのよ」

そうアリシアさんは言い捨てますわ。

「あら、ワタクシはそうは思いませんわ」

「……アンタ、何言ってんの？」

「確かに、アリシアさんはこれまで夢見ていた通りの方法では大聖女にはなれないかもしれませんわ。でも、アリシアさんの【黒の聖女】なら、きっと【聖女】のギフトではできないことができますわ。アリシアさんなりの方法で、立派な大聖女を目指しましょう」

アリシアさん、呆《あき》れたような顔をしますわ。

「……そんなこと。包丁でカボチャもロクに切れないアンタに言われても説得力ないわよ」

「あー、言いましたわね？　それはお互い様でしょう？」

「ぐぬぬぬ……」

そうしてしばらく2人で言い争っていて。

「ふふふ」

「ははは っ」

どちらともなく、笑い始めましたわ。

「あー。なんか、話したら気が楽になったわ。……ありがと」

「いいのですわ。ワタクシも、アリシアさんのことが知れて嬉しかったですし」

その時。

〝ぐぅううぅ～〟

2人同時にお腹が鳴りましたわ。

ワタクシ達、見つめ合って笑いますわ。

「小腹が空きましたわね。こんな時は……これでも焼いて食べるのが一番ですわ」

ワタクシが取り出したのは、リンゴですわ。これにシナモンを振って焼くだけでとても美味しいのですわ！

「いいの？　ユクシーが寝てる間に2人だけで食べちゃって？　アイツ怒るんじゃない？」

「バレなければいいのですわ。ただし、食べたら証拠をキッチリ処分すること。いいですわね？」

「にっししし。いいわね。そういうノリ、嫌いじゃないわよ」

アリシアさんもにんまりと笑みを浮かべますわ。

その時。

「あー、私がいない間に2人だけで美味しいもの食べようとしてる～」

いつの間にかユクシーさんが後ろに立ってらっしゃいましたわ。

「「きゃあああああ!!」」

ワタクシとアリシアさん、椅子から転げ落ちてしまいましたわ。

「獣人族は鼻が良いからね。リンゴの匂いで起きちゃった♪」

ユクシーさんはそう言っていたずらっぽく笑いますわ。

「鼻が良すぎませんこと!?　まだ焼いてもいませんのに！」

「シャーロットだけじゃなくて、アンタも大概に規格外よね!?　どんな嗅覚よ！」

今気づきましたけれども、アリシアさん驚きのあまり涙目になっておりますわ。

「ふふ、冗談だよ。本当は、なんとなく目が覚めちゃっただけ。交代の時間ももうすぐだし、このまま起きてるね。……ところで、私も焼きリンゴもらっていいかな？」

ユクシーさんはいつもと同じ笑顔なのですけれども、どことなく圧を感じますわ。

「もちろんですわ。さぁ、どうぞどうぞ」

「いいに決まってるじゃない」

「ふふふ。ありがとうね」

その後しばらく3人でおしゃべりした後、ワタクシも眠くなってきたので眠りにつきましたわ。

そして翌日、ワタクシ達は下山して無事街にたどり着いたのですわ。


「ただいまですわ、マリー！」

移動も含めて1週間。ワタクシ、屋敷《やしき》に戻ってきましたわ。

「おかえりなさいませッスお嬢様～！」

玄関の扉を開けた途端、メイドのマリーが廊下を走って飛びついてきましたわ。

ワタクシはマリーの頭を撫《な》で回《まわ》しますわ。この触感、何度触ってもいいですわ～。

「1週間もお嬢様がいなくて寂しかったッス～！」

「ごめんなさいね。はいコレ、お土産ですわ」

ワタクシはマリーに、ブレイズオパールの原石を渡しますわ。

「何ッスかこの綺麗な石は？　よくわからないッスけど、お部屋に飾っておくッスね！」

「そうするといいわ。早速だけれどもマリー、パンケーキを焼いてくださる？」

「了解ッス！」

マリーは台所の方へ駆けていきますわ。

今回の探索、楽しいことがいっぱいでしたわ。

夜にテントの周りでお2人とお話ししたのも楽しかったですし。

フレイムバッファローさんのカレーは美味しかったですし。

ラヴァフィッシュさんのアクアパッツァも美味しかったですわ。

それに、ブレイズオパールもお高く買い取っていただけましたの。その額、1人あたり金貨120枚。

これだけあれば、当面暮らすのには困りませんわ。

「さて、このお金で何をしましょう……」

まずは気になっている高級レストラン巡りをしたいですわ。

それに一度、牛の1頭買いというのもしてみたいですわ。

あとは、毎日新鮮な卵料理を食べるためにお庭に鶏小屋が作りたいですわね。

そしてそのためには今のお兄様に借りている家ではなく自分の家が必要になりますわ。借りている家に勝手に鶏小屋を作るわけにはいきませんもの。

他にも……ダメですわ、やりたいことが多すぎて全然お金が足りませんわ～！

第七章　モンスター食べ放題イベントに参加しますわ

シャーロット達《たち》が火山から戻ってきた翌日。冒険者ギルドには、張り詰めた空気が漂っていた。

〝モンスタースタンピード〟の予兆が観測されたのである。

数年に一度、不定期にある場所の地中深くから特殊な波長の魔力が放出される。そしてその魔力を浴びたモンスターは凶暴化し、人間の街を襲撃するのである。

決まった場所で発生する、様々な種類のモンスターが大量に集まって街に押し寄せる現象。それが〝モンスタースタンピード〟である。

モンスターの群れが民の住む区域にたどり着けば、王国は壊滅的な被害を受ける。仮に王国が無防備だった場合、王国の民の3割が犠牲になると言われている。

それを防ぐため、モンスターの押し寄せるルート上に街を築いてモンスターを迎撃する。

当然街には武装した冒険者が常駐しているが、モンスタースタンピードの予兆が観測された際には周辺地域から腕利きの冒険者を募って万全の態勢で迎え撃つ。

「それでは、モンスタースタンピード迎撃戦の参加受付を開始します！　参加されるパーティーはお越し下さい！」

受付嬢が告げると、カウンターに冒険者達が押し寄せる。

「受付嬢さん、手続きお願いします！　俺達モンスタースタンピードに参加します！」

「オレ達もだ！　今回のモンスタースタンピードで大稼ぎしてやる！」

モンスタースタンピードは、冒険者達にとって一攫千金《いっかくせんきん》のチャンスである。腕自慢の冒険者達が、目の色を変えてカウンターに押し寄せている。

一方で。

「リーダーとしての判断だ。ウチのパーティーは、参加を見送る。モンスタースタンピードは大稼ぎするチャンスだけど、危険も大きい。ウチのパーティーの実力だと全員生きて帰れない可能性が高いと思う」

「私達も、参加やめとこっか？　メンバー全員子供がいるんだし、稼ぎより身の安全の方が大事でしょ。コツコツ地道に稼いでいこうよ」

というパーティーも多い。モンスタースタンピード迎撃戦は、稼ぎが多い分危険も大きいのだ。

冒険者ギルドはもちろんできうる限りの態勢を整えているが、それでもリスクをゼロにすることは出来ない。モンスタースタンピード迎撃戦での負傷率は、普段のクエストよりもはるかに高い。

「それでは、参加される皆様は冒険者ギルドが手配した専用の馬車で、モンスタースタンピードを迎え撃つ専用の街〝シルバーベイン〟へ向かってください！」

冒険者達が緊張した面持ちで、冒険者ギルドの前に到着した馬車に乗って次々旅立っていく。

この街からだけではない。モンスタースタンピードの予兆が観測されてから発生するまで３日。その間にシルバーベインに移動できる全ての街から冒険者が集まっていく。

ワタクシ達が火山から戻ってきた次の日のこと。

「大変だよ、シャーロットお姉さん！」

ワタクシの家にユクシーさんが飛び込んできましたわ。

「シャーロットお姉さん、今すぐ冒険者ギルドに行こう！　急いで！」

「何がありましたの、ユクシーさん？」

「〝モンスタースタンピード〟の募集が始まったんだよ、シャーロットお姉さん！　先にアリシアさんにも声を掛けて、冒険者ギルドに向かってもらってるよ！」

「なんですの、〝モンスタースタンピード〟って？」

ワタクシ、冒険者ギルドへ向かいながらユクシーさんにモンスタースタンピードの説明を聞きましたわ。

様々な種類のモンスターさんが大量に押し寄せてくるイベント。つまり、モンスターさん食べ放題バイキングという訳ですわね！

ワタクシ、ワクワクしてきましたわ！

もちろん、楽しいだけのイベントではないのは重々承知しておりますわ。

モンスターさんというのは、魔法に1度当たっただけで力尽きてしまうか弱い生き物。とはいえ、決して無害な生き物ではありませんわ。

以前この街の畑をウサギモンスターさんが荒らして、街にレタスが流通しなくなったことがありましたわ。あの悲劇は、二度と繰り返してはいけませんわ。

「ワタクシなんとしても、モンスターさんの群れを食い止めてみせますわ」

とも思いつつ。

ワクワクする気持ちが抑えきれませんわ〜！

「もちろん、モンスタースタンピード迎撃戦では報酬金も出るんだよ！　倒したモンスターの強さと数に応じて、参加したパーティーに報酬が支払われるんだ！　沢山倒して、沢山稼ごうね！」

「まぁ！　それは大盤振る舞いですわね！」

沢山のモンスターさん達にお会いできるだけでも嬉《うれ》しいのに、そのうえ報酬金まで頂けるだなんて。

「もちろん、アタシも参加するわ。パーティーメンバーなんですもの、当然よね？」

冒険者ギルドにつくと、アリシアさんが待っていてくださいましたわ。

「あらアリシアさん。ごきげんよう。アリシアさんも参加して頂けるなら、心強いですわ」

「これで3人だね。モンスタースタンピードは、パーティー単位で参加登録するんだ。パーティーメンバーのカードのランクの合計が高いほど、モンスターが沢山やってくる場所に配置してもらいやすくなるよ。最終的には、メンバーの実力を見て冒険者ギルドで判断するらしいんだけどね」

「ワタクシとユクシーさんはプラチナカードですわね。アリシアさんは？」

「アタシは一番下のブロンズよ。氷結果実を冒険者ギルドに納品したとき登録したばっかりだもの。……悪いわね、足引っ張って」

「とんでもないですわ！　謝らないでくださいまし、アリシアさん」

「そうだよアリシアさん！　大丈夫だよ、他にカードのランクが高い人がもう1人いれば十分カバーできるから、気にしないで！」

「……では、僕を一時的にパーティーメンバーに入れてくれないかな？」

そう言って現れたのは、仮面を付けたアウゼス殿下ですわ。手にはプラチナカードを持っておられますわ。

「でん……アウロフさん。お久しぶりですわ！」

殿下は、王太子という正体を隠してこっそりとレストラン〝冒険者ギルド〟の会員になってプラチナ昇格試験に参加しているのですわ。〝アウロフ〟というのは、仮面を付けているときの殿下の偽名ですの。

「シャーロットさんには、以前のシストピ王国の件で沢山お世話になったからね。その恩を少しでも返す機会をもらいたい。どうだろう、僕を一時的なパーティーメンバーとしてモンスタースタンピードに参加させてくれないかな？」

「助かりますわ！　皆様は如何《いかが》ですの？」

「私はもちろん大賛成！　アウロフさんと一緒にモンスタースタンピードに参加できるなんて、夢みたい！」

殿下の大ファンであるユクシーさん、大はしゃぎですわ。

「アタシも賛成です。よ、よろしくおねがいします、アウロフさん！」

アリシアさん、緊張で硬くなっておりますわ。

以前アリシアさんには、シストピ王国の件のことをお話ししたときに殿下がアウロフという偽名で冒険者ギルドの会員になっていることをお伝えしていますわ。

目の前に急に王太子が現れたのですもの。緊張するのも当然のことですわ。

「初めまして、アリシアさん。シャーロットさんからあなたの話は聞いているよ。どうか、立場は気にせず気楽に接して欲しい。僕の方がパーティーメンバーとしては後輩なのだから、敬語も不要だ」

「わ、分かったわ。よろしくね、後輩」

アリシアさん、気軽に接しようと努力していらっしゃるようですけれどもまだ硬いですわね。

「それでは皆様、モンスタースタンピード頑張りますわよ！」

「「「おー!!」」」

こうしてワタクシ達は、モンスタースタンピードの参加申請をしたのですわ。

そして専用の馬車に乗って、１日掛けてモンスタースタンピードの舞台となる街へ到着しましたわ。


「広いですわねぇ……」

「広いねぇ、シャーロットお姉さん」

シルバーベインの街についたワタクシ達は、明日の下見をしに来ているのですわ。

ワタクシの目の前には、見渡す限り一面の荒野が広がっていますわ。

そして後ろには、シルバーベインの街がありますわ。

街の防壁は上から見ると半円状の形になっていて、各所に門が設けられていますわ。

モンスタースタンピードに備えて作られたこの街は、王国最南端に位置していて隣の国と接していますの。

国境は今目の前にあるとてつもなく広い荒野の真ん中にある……のですが、この荒野に住んでいるのはモンスターさんだけ。資源も何もなく、両国とも開拓する予定がないただただ広いだけの土地ですわ。

そして、この荒野に生息するモンスターさんたちが突如一斉に街へ押し寄せてくるのがモンスタースタンピードですわ。

荒野からワタクシ達の住む王国中心部を守るように、シルバーベインの街が立ち塞がっておりますわ。飾り気はありませんけれども、作りはとても頑丈ですわ。

モンスターさんの群れがこの街にやってくるのは明日。どんなモンスターさん達とお会いできるのか楽しみですわ！

ワタクシ達は受付のためにレストラン〝冒険者ギルド〟の支店へ向かいますわ。

「この街の支店も、ずいぶん立派ですわね……」

プラチナ昇級試験を受けたミウンゼルの街の支店も立派でしたけれども、この街の建物も立派ですわ。

　ワタクシ達はカウンターのウェイトレスさんに話しかけますわ。

「シャーロット・ネイビー様御一行ですね。お待ちしておりました。プラチナカード所有者が３人と伺っております。大変心強いです。明日はよろしくお願いしますね」

　ウェイトレスさん、なんだか嬉しそうですわ。

「こちらこそ、よろしくお願いいたしますわ」

「シャーロット様御一行は、正門前に配置となります。最も多くモンスターが押し寄せる場所ですが、問題はありませんでしょうか？」

「まぁ、それは嬉しいですわ」

「『嬉しい』ですか⁉　『怖い』とかではなく⁉」

「ええ。どんなモンスターさんとお会いできるのか、ワクワクしておりますわ」

「ワクワク⁉」

　ウェイトレスさん、なんだか大層驚いてらっしゃいますわ。

「……すみません、取り乱してしまいました。まるで明日食べ放題のビュッフェにでも行くかのようなその様子。とても貫禄《かんろく》を感じます。あなたほどの方が来てくださって本当に頼もしいです」

　ウェイトレスさんが、ワタクシの手を固く握りますわ。

　こうしてワタクシ達はモンスタースタンピードの受付を済ませましたわ。

　そのときワタクシは、見覚えのある人の姿を見つけましたわ。

以前ワタクシの街に結界を張り直してくださった長身の聖女マデリーン様と、聖女一族の当主様ですわ。後ろには剣を帯びた護衛の方もたくさんついてきておりますわね。

どうやら、あのお２人も何かの手続きをしにいらっしゃったご様子。

「シャーロットお姉さん、聖女さんもモンスタースタンピードに参加することがあるんだ。モンスタースタンピードのモンスターは普段と違って凄《すご》く積極的に人や街を襲いにくるんだけど、それでも聖女様の結界があると何割かのモンスターは街に入らず引き返しちゃうんだ」

と、ユクシーさんが教えてくださいましたわ。そしてアリシアさんは。

「出たわね、クソババァ」

と露骨に嫌そうな顔をなさいますわ。

「あの女性が、アリシアさんを一族から追放した当主様ですのね」

「ええ、そうよ。聖女一族の当主、セレスティア。見つかって何かまた言われたら死ぬほどムカつくから、ちょっと隠れてるわ」

そう言ってアリシアさんは、ワタクシの陰に隠れなさいましたわ。

「ちなみに、隣にいる背の高いのが、聖女マデリーン。アタシの従姉《いとこ》よ。仲は悪くなかったんだけど、２つ年上だからって顔を合わせるたびにお姉ちゃん面するのよ。ここにいるってことは、明日のモンスタースタンピードではマデリーンが結界を張るんでしょうね」

アリシアさんがワタクシの耳元で囁《ささや》かれますわ。

セレスティア様と聖女マデリーン様は何かカウンターで手続きをした後、去っていきましたわ。

「ふぅ、やっと行ったわね。やれやれ」

アリシアさんが大げさに深呼吸と伸びをしますわ。

「災難でしたわね、アリシアさん。ところで皆様、提案なのですけれども。明日に備えて、今から美味《おい》しいレストランで食事にして英気を養いませんこと？」

「「「賛成！」」」

皆様、そろって元気に手を挙げますわ。

ワタクシ達は奮発して、街の最高級レストランに入りましたわ。先日のブレイズオパールの収入がありますので、財布の紐《ひも》も緩んでしまいますの。

4人全員でレストラン最上階の席に着くと、窓から街の綺麗《きれい》な夜景が見渡せましたわ。

頼んだのはコースメニュー。今日のメインはブランド牛のサーロインステーキとのこと。楽しみですわ～！

「こちら、アミューズのフェアリーハーブのゼリーでございます」

「まぁ、美味しそうですわ」

「美味しそうだね、シャーロットお姉さん！」

そして口に運ぶと、素晴らしいお味でしたわ！

そして前菜、スープ、魚料理が運ばれてきまして。いよいよ次がメインのお料理。

期待が高まりますわ～！

そのとき。

「おい。お前が、シャーロット・ネイビーか」

突然、大柄な殿方が声を掛けてこられましたわ。背中には大きな剣を背負ってらっしゃいます。後ろには、同じく剣や弓を持った方が数人立っておられますわ。

「俺達は〝紅《あか》い餓狼《がろう》〟。全員がゴールドランク以上の超実力派パーティーだ。モンスタースタンピードではこれまで毎回正門前に配置されてきた。それが今回、モンスタースタンピード初参加のお前達が正門前配置だと⁉　納得できねぇ。お前達ごときにそんな実力有るはずねぇ、ワイロでも渡したんだろ！」

なんだか、怒ってらっしゃいますわ。

しかし。

「お客様。他のお客様のご迷惑になりますので店内ではお静かに願います」

ワタクシのサーロインステーキを持ってきてくださったウェイトレスさんが、後ろからたしなめますわ。

「うるせぇ、引っ込んでろ！」

〝ドンッ！〟

怒った殿方がウェイトレスさんを突き飛ばしますわ！　そしてワタクシのメイン料理もまた、宙を舞うのですわ。

「いけませんわ！　〝タイムストップ〟ですわ！」

ワタクシ反射的に時間を止めて。宙を舞うサーロインステーキをお皿でキャッチ。それと体勢を崩したウェイトレスさんを抱き起こして転ばないように体勢を立て直しますわ。

そして時間が動き出すと。

「⁉　てめぇ、いつの間にそんなところに料理の皿を持って立ってやがる……！　というか、マジで動きが見えなかったぞ……！」

さっきまで怒っていらした殿方、今は混乱してらっしゃる様子ですわ。

「俺の目に映らない一瞬の間に、立ち上がって宙に舞った料理を皿でキャッチ。しかも、椅子を引く音さえ立てなかった。一体、どれほどのスピードと技術があればそんなことが出来るんだ……！」

殿方、膝から床に頽《くずお》れますわ。

「今の俺じゃ、アンタに実力でまるで及ばない……！　無礼を働いたこと、どうかお許し願いたい」

殿方が深く頭を下げると、後ろにいた方々もそれにならいますわ。

「そしてウェイトレスさん。貴女《あなた》にもご迷惑をおかけした。大変申し訳ない」

ウェイトレスさんにも深々と頭を下げた後。

「全員、身も心も一から鍛え直しだ。超実力派パーティーなんて浮《うわ》ついた称号は捨てて、初心に返って出直そう」

と言って去ってしまいましたわ。

「話を聞かない方々ですわね……。ワタクシはスピードで動いたのではなく、ただ単に時間を止めただけだとお伝えしようと思いましたのに」

「やめときなさいよ。余計混乱させるだけだから」

魚料理を切り分けながらあきれた顔でアリシアさんが言いますわ。

「流石《さすが》シャーロットさん。穏便にことを済ませるとは、見事だ。僕の出番はなかったようだね」

「暴力無しでことが納まってよかったよ。暴力沙汰の後に食べるご飯は美味しくないからね」

いつの間にか、殿下とユクシーさんが立ち上がって武器に手を掛けてらっしゃいましたわ。

物騒ですわ……。

「さ、さぁ皆様。無事にあの方々にはお引き取り頂けましたし、メインのお料理もきましたわ！　気を取り直して、冷めないうちに頂きましょう！」

ワタクシ達の前に、ウェイトレスさんがサーロインステーキを並べてくださいましたわ。

ナイフを入れると、香りとともに脂があふれ出しますわ！　そして口に運ぶと――

「美味しいですわ……！　さすがステーキの王様サーロインステーキ！　柔らかくて脂たっぷりですわ～！」

ワタクシ、頬に手を当ててお肉の味を満喫しますわ。

「美味しいね、シャーロットお姉さん！　いつかエレナにも食べさせてあげようっと」

ユクシーさんも笑顔でお肉を口に運んでらっしゃいますわ。

「ソースをかけても凄く美味しいけど、シンプルに塩だけっていうのも良《い》いわね……！　コショウだけ振るのも悪くないし……。悩むわ～！」

アリシアさんは、どの食べ方が一番美味しいか真剣に食べ比べてらっしゃいますわ。

「これは美味《うま》い。焼き加減が絶妙だ。ここのシェフ、良い腕をしている」

殿下は、ステーキの断面を見ながら唸《うな》っておりますの。

こうしてワタクシ達は、大いに食事を楽しみましたわ。

「満足しましたわ～！」

食事を終えたワタクシ達は、冒険者ギルドに手配いただいた宿に向かいましたわ。

『プラチナカードをお持ちのシャーロットさん達には最高クラスのお宿を用意します』とのことで、最上階の広いお部屋をご提供いただきましたわ。

ワタクシとユクシーさんとアリシアさんが同じ部屋。殿下が隣の部屋ですわ。

「見てシャーロットお姉さん、このベッド凄いフカフカだよ！」

ユクシーさん、高級ベッドに飛び込んでらっしゃいますわ。

「私、こんなフカフカのベッドで寝るの初めてだ……！　身体《からだ》が沈んでいく……」

ベッドが気に入ったらしく、ユクシーさんはうつぶせのまま起き上がってきませんわ。

「部屋の備え付けのこのクッキー、美味しいですわ～！」

「あらホントだわ。美味しいわねこれ。ユクシー、アンタも来なさいよ。早くしないとこの食いしん坊に全部食べられちゃうわよ」

「わー！　私の分のクッキー食べないでー、シャーロットお姉さん！」

ユクシーさんが慌てて起き上がって飛んできますわ。

「人の分まで食べませんわよ、もう。それに、ワタクシは食いしん坊じゃありませんわ」

「え、シャーロットお姉さんは食いしん坊だよ？」

「間違いなく食いしん坊だわ」

ユクシーさんとアリシアさん、意気投合してらっしゃいますわ。

心外ですわ……！

「ところでシャーロットお姉さん、私こういう宿に泊まった時に1つやってみたいことがあったんだけどいいかな？」

「なんですの？　おっしゃってくださいまし」

ユクシーさんがおずおずと申し出ますわ。

「実は私、〝枕投げ〟っていうのを一度やってみたかったんだ。私は同世代の友達がいなかったし、こんな宿に泊まる機会もなかったから……」

「そうでしたの。……仕方ありませんわね。物を壊したり騒いだりして他のお客様や宿に迷惑をかけない範囲で、お淑《しと》やかにするのでしたらいいでしょう」

「やったー！」

ユクシーさん、跳び跳ねて喜びを表現なさいますわ。

「枕投げがしたいって……アンタ達子供ねぇ。さぁ、さっさと準備するわよ。シャーロット、部屋の中の壊れやすいもの一旦アンタのアイテムボックスに入れといてよ」

アリシアさん、テキパキと準備を始めますわ。

『シャーロットお姉さん、アリシアさんが枕投げ一番楽しそうにしてない？』とユクシーさんが目で問いかけてくるので、ワタクシは頷《うなず》きますわ。

「さぁ、準備が整いましたわ。始めますわよ！」

「さぁやろう！　時間を止めるのは禁止だよ、シャーロットお姉さん！」

ユクシーさん、ウキウキが抑えきれずその場で小さく跳び跳ねてらっしゃいますわ。

「2人まとめてアタシが叩《たた》き潰《つぶ》してやるわ」

アリシアさんは肩を回して戦いに備えておりますわ。

こうして枕投げが始まったのですけれども。

「全然ユクシーさんに当たりませんわ～！」

最初は三つ巴《みつどもえ》だった枕投げですが、あまりにもユクシーさんが強すぎるのでアリシアさんとワタクシの2人がかりでユクシーさんと戦っていますの。それでも、ユクシーさんに全然枕が当たりませんわ。

「くらいなさい！」

至近距離からアリシアさんが枕を投げますけれども。ユクシーさんは自慢の運動神経でキャッチしますわ。

「お返しだよ、えい！」

「ごふっ！」

枕を受けたアリシアさんが、床を転がりますわ。

「駄目だわ、アタシ達じゃどうやっても勝てないわ……」

「枕投げチャンピオンの称号はユクシーさんに差し上げますわ～」

「やったー！　私がチャンピオンだ～！」

ユクシーさんが両手を上げて勝ち誇りますわ。

「うう、時間を止める魔法さえ使えれば勝てるのに……悔しいですわ」

そのとき。

〝コンコン〟

誰かが部屋のドアをノックしますわ。

「シャーロットさん、明日のモンスタースタンピードについて打ち合わせをしたいんだが」

「殿下！　かまいませんわ、入ってくださいまし」

ワタクシは殿下を部屋に招き入れて。

「さぁ、これを持ってくださいまし」

ワタクシは殿下に枕を投げ渡しますわ。

「あの、シャーロットさん？　これはいったい……⁉」

「枕投げですわ！　3人でユクシーさんを倒すのですわ」

「なるほど、枕投げときたか。いいだろう！　今の世代の王子たちは意外とやんちゃ揃《ぞろ》いでね。僕は兄弟たちとしょっちゅう枕投げをしている。枕投げなら慣れた物だ！」

こうして、3対1で枕投げが再開されましたわ。

ユクシーさんは凄い運動神経で飛んでくる枕をキャッチしますけれども、殿下の素早さも相当なもの。人数の差を活《い》かして、なんとかユクシーさんと渡り合いますわ。

そして。

〝ボフッ！〟

ついに殿下が投げた枕が、ユクシーさんに当たりますわ。

「あー！　負けちゃった！　……でも殿下と枕投げができたなんて、幸せだなぁ」

ユクシーさん、枕を抱えて満足そうにしてらっしゃいますわ。

「厳しい戦いだった……！　ユクシーさん、キミほどの枕投げの猛者《もさ》は見たことがない。他の王子達を全員相手取ったときよりも苦戦したよ」

「やったー！　光栄です！」

ユクシーさんはしゃいでらっしゃいますわ。

「アタシはもう二度とアンタと枕投げなんてやらないわ。一方的にボコボコにされるだけだもん」

「ワタクシもですわ……ユクシーさん相手だとワタクシでは歯が立ちませんわ……」

ワタクシとアリシアさんは、疲れてベッドの上にぐったり倒れておりますわ。

「さぁ皆さま、枕投げはお開きにして明日の打ち合わせを始めましょう」

この後ワタクシ達は、明日のモンスタースタンピード迎撃戦の打ち合わせをしましたわ。

ワタクシは前に出て大物モンスターさんを中心に迎撃。

ユクシーさんと殿下は少し後ろに下がって、ワタクシが撃ち漏らしたモンスターさんを仕留める。

アリシアさんは後ろに控えて、飛ぶモンスターさんを弓矢の魔法で撃ち落とす。

という布陣に決まりましたわ。

その後はお風呂に入って、各々高級ベッドでしっかりと睡眠を取りましたわ。

そして翌朝。

「絶好のモンスタースタンピード日和ですわ～！」

場所は街の正門前。

ユクシーさん、アリシアさん、殿下もバッチリ睡眠をとって元気満点のご様子。

ワタクシ達の後ろには立派な街を囲う壁と門。前には、見渡す限りの大地。

気配で分かりますわ。これまで見たこともないほど沢山のモンスターさんが、群れとなって押し寄せてくるのが。

ワタクシ、お腹《なか》がすいてきましたわ～！

「さぁ、いよいよ始まりますわよ。皆様！　準備はよろしくて？」

「バッチリだとも。この剣、存分にふるって見せよう」

殿下が剣を抜いて構えておりますわ。

「私も準備万端だよ！　今日はいくら稼げるのか、楽しみだな～！」

ユクシーさんは目を輝かせながら、ハンマーの柄を手の中でヒュンヒュンと旋回させております。

「モンスタースタンピード迎撃戦だろうとなんだろうと、アンタ達の後ろにいればどこだって安全よね。空飛ぶモンスターは任せて。アタシが全部撃ち落とすから」

アリシアさんが肩のストレッチをして戦いに備えておりますわ。

皆様、やる気に満ちてらっしゃいますわね。

そしてついに、モンスターさん達が姿を見せましたわ。


防衛都市シルバーベインの中央。一際大きく堅牢《けんろう》な建物の中には、司令本部が設置されていた。

部屋の中心にある大きなテーブルには、街の地図が広げられている。

冒険者ギルドの職員達が慌ただしく動き回り、魔法の水晶を使って街の各地と通信して情報を集めている。

テーブルの中央には、片目に眼帯を付けた壮年の巨漢が座っている。冒険者ギルドシルバーベイン支部長、バラガウ。モンスタースタンピード迎撃の総司令官でもある。

さらに司令本部には、聖女達もいた。

「始めなさい」

当主セレスティアの命令で、聖女マデリーンが祈り始める。

〝キイイイィン……！〟

モンスターを追い返す力を持った結界が広がり、街を包む。

「これで押し寄せてくるモンスターの数割は街に入る前に追い返せるでしょう。結界を強化するために、私達はここで祈り続けます」

「ご協力、感謝します」

聖女に礼を言ったバラガウが冒険者ギルド職員達の方へ向き直る。

部屋に居る全員が、まもなく幕を開けるモンスタースタンピード迎撃戦に緊張していた。

その時。

「大変です総司令！　モンスタースタンピードに、これまで偵察部隊が捕捉していたのと別の群れが合流！　さらに周辺のモンスターを取り込みながら向かってきます！」

1人の職員が、偵察部隊から受け取った情報を告げる。報告の後半は、悲鳴のような声になっていた。

「……数は？」

「当初の想定の2・5倍、いや3倍の数が押し寄せてきます！」

「3倍だと……!?」

バラガウ総司令官が息を呑《の》む。

これまで10回近くモンスタースタンピード迎撃戦を指揮してきた歴戦のバラガウにとっても、ここまでの数は初めてだった。

「どうしようどうしよう！　こんなの無理だよ！」

「俺はまだ死にたくないぞ！」

「早く逃げないと！」

司令本部は、パニックになっていた。

「愚か者！　ここで我々が逃げたら、どうなるか分かっているのか」

　バラガウの低い声が響くと、水を打ったように急に司令本部が静まり返る。

「この街が突破されれば、被害は拡大する。モンスターどもはそのまま王国のあらゆる街へ容易《たやす》く侵攻し、王国は壊滅的打撃を受け、無辜《むこ》の民が多く犠牲になるであろう」

　低い声が司令本部に響く。他に誰も声を発するものはない。

「王国を守るため。無辜の民の生活を守るため。なんとしてもここを通してはならぬ。ここで１人逃げ出したら、背後で１００人の民が死ぬと思え」

　部屋に静かな激励が響く。

「全職員、命に代えても街を死守せよ！」

「「了解!!」」

　こうして、絶望的なモンスタースタンピード迎撃戦が始まった。

「南西門にモンスター第１波きました！　先頭に立っているのは――グランドボア!?　駄目です、止められません！　門を突破されました！」

「遊撃隊を半数向かわせろ。入り組んだ市街地でなんとしても決着をつける。絶対に街を通過させるな」

　総司令の指示が待機していた冒険者達に伝えられる。冒険者達が素早く駆けていく。

「西北西門にもグランドボアがきました！　こちらも突破されました！　司令、どうしましょう!?」

「……！　残る遊撃隊の半数を向かわせろ！」

「司令、こちらの門にはサイクロプスが――」

司令本部には、モンスターの情報が怒濤《どとう》の勢いで送られてくる。

各門の担当者が、地図の上で冒険者を示す青の石とモンスターを示す赤の石を動かして戦況を更新していく。

地図の上の赤い石の数がみるみるうちに増えていく。たとえ子供でも、現在の戦況が絶望的だとわかるだろう。

その時、バラガウが1つの異変に気づいた。

「おい、正門の担当者は何をしている！　モンスタースタンピード開始時から全く戦況が更新されていないぞ！」

地図には、正門のアイコンの前に青い石が4つ置かれただけになっている。

「いえ、その、戦況はそれで合っています……。私も信じられないのですが、正門はたった4人でモンスターを全て捌《さば》き切っています」

「なんだと⁉　それは一体どういうことだ⁉」

「どうもこうもありません！　私だって何が起きているのかわからないんですよ！　映像を見ても信じられません！　プラチナに上がりたてのはずの冒険者シャーロット・ネイビーが、ボスクラスモンスターをまるで寄せ付けていません！」

職員が水晶玉を操作すると、司令本部中央のスクリーンに映像が出る。そこには、シャーロットが笑顔のままグランドボアを2体同時に魔法で撃破する様子が映し出された。

いよいよモンスタースタンピードが始まりましたわ！

地響きを立てて、モンスターさん達がやってきますわ！

まず初めにやってきたのは――

「いきなりグランドボアさんですわ⁉」

グランドボア。昔街を襲って畑の作物を食い荒らそうとした、とっても美味しい大型イノシシ型モンスターさんですわ。

相変わらず大きくて、食べ応えありそうですわ！

……そして、それが2体。

繰り返しますわ。

グランドボアさんが2体！　同時にワタクシに向かって突進してくるのですわ。

「これは困りましたわね……」

〝ドドドドド……〟

地響きを上げながらグランドボアさんが突進してきますわ。

『『ブモオオオオ』』

左右からワタクシを挟み込むようにキバをぶつけようとするのですが――

〝〝パシッ〟〟

ワタクシ、両手でキバをキャッチしましたわ♪

『『ブモオォ⁉』』

グランドボアさん、勢いはあるのですけれどもまっすぐ突っ込んでくることしかできないのですもの。運動音痴なワタクシでも、キャッチするのは簡単でしたわ。

「しかし困りましたわね……」

2体同時にやって来られたら。

「どちらから食べるか悩んでしまいますわ〜！」

記念すべきモンスタースタンピードの最初の1皿。せっかくですので、美味しそうな方から食べたいと思いますわ。

「どちらのグランドボアさんにいたしましょうかしら……？　右の方は脂が乗っていそうですけれども、左の方はお肉が引き締まっていそうですし……」

どちらも美味しそうで決められませんわ〜！

「というわけで行きますわよ。〝プチファイア〟ですわ！」

まずはワタクシ右のグランドボアさんを倒してステーキにしますわ！

「そして次はあなたの番ですわ！　〝プチファイア〟ですわ！」

すかさずあいた右手を使って、左手で止めているグランドボアさんもステーキにしますわ。

今回もちゃんとワタクシの分だけではなくユクシーさんアリシアさん、そして殿下の分も用意されていますわ！

「……後続のモンスターが来ないね。シャーロットお姉さん、モンスタースタンピードもずっとモンスターが押し寄せ続ける訳じゃないんだ。今みたいに、モンスターが来ない時間帯もあるんだよ」

「そうですのね。では、今のうちに頂きましょう！」

ワタクシはテーブルをアイテムボックスからとりだして、お皿を並べますわ。

「倒したモンスターを一瞬で料理にするシャーロットさんのギフト。話には聞いていたが、実際に見ると驚かされるな」

「そういえば、アウロフさんにお見せするのは初めてでしたわね。……ところでアウロフさんは、モンスターさんのお肉を食べるのに抵抗はおありかしら？」

「無い無い無い無い！　全然抵抗無いとも！　前にサハギンを倒した時も、『あいつらの肉美味しそうだな』と思っていたくらいだ！」

それは食い意地が張りすぎではありませんこと？

ワタクシは、人型や喋《しゃべ》るモンスターさんは食べようと思いませんわ。

「では皆様、頂きましょう！」

「「「頂きます！」」」

ワタクシ、ステーキを一切れ口に運びますわ。

口の中でジュワッと広がる旨味《うまみ》！　相変わらず、声も出ないほど美味しいですわ！

グランドボアさんのステーキ、最高ですわ〜！

そして今回はその最高に美味しいグランドボアさんのステーキが2皿！　幸せも2倍ですわ！

「ギフトで生成したということは、これはシャーロットさんの手料理ということ。シャーロットさんの手料理を味わえるだなんて、なんて僕は幸せなんだ！」

殿下も、涙を流しながら夢中でステーキを召し上がっていますわ。喜んでいただけたようでなによりですわ。

『ボスクラスモンスター〝グランドボア〟を食べたことによりレベルが5上がりました』

『グランドボア捕食ボーナス。レアスキル〝無限アイテムボックス〟はこれ以上進化しません』

『ボスクラスモンスター〝グランドボア〟を食べたことによりレベルが5上がりました』

『グランドボア捕食ボーナス。レアスキル〝無限アイテムボックス〟はこれ以上進化しません』

そしていつもの耳鳴りですわ。

「シャーロットさんの料理を食べたらレベルが上がった……!?　これも聞いていたが、やはり破格すぎるぞ……」

「破格すぎますよね、アウロフさん！　私も最初にシャーロットお姉さんの料理を食べたとき、凄くびっくりしました！」

殿下が自分と同じ感想だったのが嬉しいらしくて、ユクシーさんもはしゃいでらっしゃいますわ。

「さぁ、そろそろ次のモンスターさん達がやってきますわよ」

次に街にやってきましたのは、小さな人型モンスターさん。

緑色の肌をしてらっしゃって、棍棒《こんぼう》のようなものを持ってらっしゃいますわ。

「シャーロットお姉さん、あれは〝ゴブリン〟だよ。力は弱いけどとにかく沢山発生する、やっかいなモンスターなんだ」

「うーん、ゴブリンさんは食べようと思いませんわね……」

ワタクシ、人型モンスターさんは食べないと決めていますもの。

「この魔法なら、ゴブリンさん達はお料理にならないはずですわ！　〝ヒートストーム〟ですわ！」

〝ゴウッ！〟

熱い風の竜巻が発生して、ゴブリンさん達を巻き上げて、干からびさせていきますわ。わんさか押し寄せてくるゴブリンさん達を竜巻が全て飲み込んでいきますの。

そして次に現れたのはラージラビットさんの群れ。以前ワタクシの住む街の畑を荒らしまわって、サンドイッチに野菜が入らない原因を作ったモンスターさんですわ！　憎き害獣、許せませんわ！

「しかし数が尋常ではありませんわね……」

数十体のラージラビットさんが、一斉に押し寄せてきますわ！

「〝パラライズ〟ですわ！」

ワタクシは麻痺《まひ》の粉を撒《ま》いて、ほとんどのラージラビットさんを麻痺させることに成功しましたわ。

「何体か突破されてしまいましたわ！」

「シャーロットお姉さん、私に任せて！」

ユクシーさんがすごい速さでラージラビットさんの群れに追いついて、仕留めていきますわ。ラージラビットさん達が慌ててユクシーさんから逃げるように進路を変えると。

「こっちに来ると思っていたよ」

行動を読んで先回りしていた殿下が、剣で素早く仕留めていきますわ。

「あの2人も、大概に化け物よねぇ」

「ええ。とても頼りにしておりますわ」

「……これじゃ、アタシの出る幕ないじゃない。空飛ぶモンスターも出てこないし」

と、アリシアさんがため息を漏らしますわ。

ワタクシ以外が倒したラージラビットさんは取り急ぎアイテムボックスに入れておいて、後で血抜きなどして持ち帰ると致しましょう。

ワタクシは、麻痺しているラージラビットさん達を片端から〝プチファイア〟で丸焼きにしていきますわ！

「よし、モンスターさん達の群れがまた途切れましたわね。今のうちに、ラージラビットさん達を食べてしまいましょう！」

「「「賛成！」」」

テーブルに乗り切らないほどの量のラージラビットさんの丸焼きを、ワタクシ達は頂きますわ！

ラージラビットさんのお肉、相変わらず柔らかくてこれまで食べた野菜の旨味がぎゅっと詰まっていて美味しいですわ～！

『モンスターを食べたことによりレベルが上がりました』

『ラージラビット捕食ボーナス。スキル〝オートヒールLV10〟が〝オートヒールLV11〟に進化しました』

『モンスターを食べたことによりレベルが上がりました』

『ラージラビット捕食ボーナス。スキル〝オートヒールＬＶ11〟が〝オートヒールＬＶ12〟に進化しました』

…………

…………

……

『モンスターを食べたことによりレベルが上がりました』

『ラージラビット捕食ボーナス。スキル〝オートヒールＬＶ24〟が〝オートヒールＬＶ25〟に進化しました』

　こんなにたくさんのラージラビットさんを食べられるなんて、モンスタースタンピード最高ですわ！

「シャーロットお姉さんのお料理は、いくら食べてもお腹の限界が来ないんだ！　本当にありがとうシャーロットお姉さん！　おかげで、美味しく無限にレベルアップできるよ！」

「こんなに簡単にレベルアップしちゃったら、そのうちアタシまで化け物側に足を踏み入れちゃうわね」

「まさかこんなにお手軽にレベルが上がるだなんて。しかも、とびきり美味と来ている。シャーロットさん、君には感謝してもしきれないよ」

と、言いながら皆様美味しそうにラージラビットさんのお肉を口に運んでらっしゃいますわ。

「大変美味でしたわ……！」

まだモンスタースタンピード途中だというのに、ワタクシすでに大満足ですわ！

その時、意外な人物がワタクシ達を訪ねてきましたわ。

「久しぶりね、アリシア」

やって来たのは聖女の一族の当主、セレスティア様。アリシアさんを一族から追放した張本人ですわ。

「出たわね、クソババア」

「非常事態です。当主である私に対してのその不遜な口の利き方は不問にしてあげましょう。アリシア、あなたの力を貸しなさい」

「……なんですって？」

アリシアさん、啞然《あぜん》としてらっしゃいますわ。

「ここだけは優勢のようですが、他の門はかなり劣勢です。このままではモンスターにこの街を突破されるのは時間の問題でしょう」

淡々とセレスティア様は他の門の戦況を語りますわ。

「今、聖女マデリーンが街の中心部で【聖女】の力を発動しています。もう1人若くて力の強い聖女がいれば、結界の力はより強まります。そうすれば、いま街に押し寄せているモンスターの半分は退けられるでしょう。この絶体絶命の戦況を、五分にまで引き戻すことが出来ます」

「モンスター達に押されてる状況は分かったけど。アンタ、アタシがなんのギフトを授かったか忘れたわけ？」

アリシアさんが怪訝《けげん》な目で見ますわ。それに対して、セレスティア様は淡々と言葉を続けていきますの。

「私とて、この外法《げほう》の薬だけは使いたくありませんでした。しかし今はそうも言っていられません。アリシア、この薬を飲みなさい」

セレスティア様は、透明な液体の入った小ビンを差し出しますわ。

「これは、禁忌の〝ギフト反転薬〟。これを飲めば、あなたは正真正銘の【聖女】の力を手に入れられるでしょう。抑えきれずに身体から漏れ出すほどの【黒の聖女】の力、反転すればかつてないほど強力な聖女が誕生するでしょう」

「な――!?」

アリシアさん、驚きに目を見開いたまま固まっておりますわ。

「もちろん、反動は大きいです。一時的に【聖女】の力を使えても、その後ギフトの力は完全に失われます。それに、身体も大きなダメージを受けます。外法の薬ですが、今は他に手がありません。飲みなさい、アリシア。今回のモンスタースタンピードで、あなたはなんの役割も果たせていないでしょう？」

「だ、誰がそんな危ない薬飲むかっての」

口ではそう言っておりますけれどもアリシアさんの声は震えていますわ。明らかに動揺していらっしゃいます。視線も、薬のビンに釘付《くぎづ》けになっておりますわ。

一時的にでも【聖女】のギフトを手に入れられるというのは、アリシアさんにとってとてつもなく魅力的なことなのでしょう。

「もちろん見返りは用意しましょう。その身を捧《ささ》げて街を救った聖女には、その献身を称《たた》えてこれを渡します」

「!!」

セレスティア様が差し出した物を見て、アリシアさんは息を呑みますわ。

「それは、大聖女の証《あかし》の首飾り……！」

「その通り。あなたの母親がかつて付けていたのと同じ、大聖女の首飾りと称号。これを与えましょう。……母親と同じ、大聖女の称号が欲しくはありませんか、アリシア？」

「――!!」

アリシアさんが歯ぎしりしますわ。

そして。

「……決めたわ。アタシ、その薬を飲むわ。シャーロット、ユクシー、それにアウロフさん。悪いけど、パーティーもここで抜けるわ」

ゆっくりと、アリシアさんはセレスティア様から薬のビンを受け取りますわ。そして、フタを開けようとしますの。

「ちょ、ちょっと！　お待ちくださいましアリシアさん！」

ワタクシとユクシーさんは慌ててアリシアさんの腕を押さえますわ。

「……なんで止めるのよ」

「なんでって、アリシアさんのことを気遣っているからに決まっていますわ！　その薬を飲んだらもう二度とギフトが使えなくなるのでしょう⁉　考え直してくださいまし」

「そうだよ！　身体もボロボロになるし、絶対飲んじゃ駄目だよ！」

ワタクシとユクシーさんは必死に訴えますわ。

「一度諦めた、ママと同じ大聖女の称号を手に入れるっていうアタシの夢！　それが叶《かな》う最後のチャンスなのよ⁉　放してちょうだい！」

「嫌ですわ、放しませんわ〜！」

「放しなさい！　ああもう、アンタ達力強いわね！」

アリシアさんが歯を食いしばって振りほどこうとしますけれど、そうはさせませんわ！

「分かってるの？　アタシが薬を飲んでこうしないとモンスターの群れが沢山街を襲うのよ？　それが分かってるから、アウロフさんは何も言わないんでしょうが」

アリシアさんの指さす先では、唇を噛《か》んだまま沈黙を守っている殿下が居ましたわ。

「……非情と言われるかもしれないが、アリシアさんの言うとおりだ。アリシアさんが失うものはとても大きいし、僕はそれが悲しい。だが、モンスターの大軍がこのまま街へ押し寄せることに比べればあまりに小さい犠牲だ。……飲むべきだ、アリシアさん」

目を合わせないまま、絞り出すような声で殿下が言いますわ。

「……お願い。アタシの夢が叶う最後のチャンス、止めないで」

間近でアリシアさんと目が合いますわ。今にも泣き出しそうな程、アリシアさんが必死であるのが分かってしまいましたわ。

「……本当に、よろしいのですわね？」

「ええ。明日死ぬって言われても、アタシは薬を飲むわよ」

大変！　大変不本意ですけれども！　そこまでの覚悟であるアリシアさんを止めることは、ワタクシには出来ませんわ。

「……分かりましたわ」

震える声を絞り出して、ワタクシとユクシーさんはゆっくりと手を放しますわ。

「……これまで世話になったわ。これまでの旅、足を引っ張ってばっかりだったわね、アタシ。次はもっと優秀なメンバーをスカウトしなさいよ。アンタ達ならいくらでも引っ張ってこられるでしょ」

そうおっしゃるアリシアさんも、寂しそうな表情でしたわ。

「礼を言うわ。こんなアタシみたいな、ハズレギフト持ちをパーティーメンバーに入れてくれて」

「――なんですって⁉　アリシアさん、今なんと仰《おっしゃ》いましたの⁉」

ワタクシ、今の発言だけは看過出来ませんわ。アリシアさんの口を手で押さえますわ。

「ひょっと！　はんほふほひほ！」《ちょっと！　なんのつもりよ》

「約束したからですわ！　アリシアさんの決意を止めることはしませんけれども、今の発言は許しませんわ！」

「はぁ？　約束？　許さない？　なんのことよ⁉」

「思い出してくださいまし！　アリシアさんがパーティーに加入するときに交わした約束を！」

「――⁉」

困惑した表情のアリシアさん。

そんな彼女にワタクシは、ありったけの気持ちをぶつけますわ。

「あの時交わした、『誰にもアリシアさんのことを、ハズレギフト持ちだと馬鹿にさせない』という約束ですわ！」

「‼」

衝撃を受けたような顔になるアリシアさん。

「アリシアさんが【聖女】の力を求めてそのお薬を飲むのは止めませんわ。ですけれども、アリシアさんのことを蔑《さげす》むのは許しませんわ。たとえアリシアさん自身であっても」

「アリシアさん。私もシャーロットお姉さんも、心の底からアリシアさんの【黒の聖女】を凄いギフトだと思ってるよ。それに、アリシアさん自身のことも。……だから、自分のことをそんなに卑下しないでほしいな」

ユクシーさんも、アリシアさんの顔を見上げて必死に訴えますわ。

「【黒の聖女】はこれまで美味しいモンスターさん達を引き寄せてくださいましたし、ワタクシ達とアリシアさんが出会う切っ掛けを作ってくださいました。【黒の聖女】はハズレギフトなんかではありません、最高のギフトですわ！」

そこでワタクシ、我に返りますわ。

「ごめんあそばせアリシアさん。いくら怒っていたとはいえ手を出してはいけませんでしたわ」

ワタクシはアリシアさんの顔から手を放しますわ。

アリシアさん、ポツポツと話し出しますわ。

「……そっか。人にハズレギフト持ちって馬鹿にされるのを嫌がりながら、他の誰でもないアタシ自身が、アタシと【黒の聖女】のことを認めてなかったのよね……。ありがとう、目が覚めたわ」

アリシアさん、拳を硬く握りますわ。そして。

「クソババア！　この薬返すわ！」

セレスティア様に詰め寄り、薬のビンを力強く突き返しますわ。

「どういうつもりですか⁉　大聖女の称号を手にできる最後の機会を手放すなんて！　それに、その薬はこの絶体絶命の戦況を五分に引き戻せる唯一の方法なのですよ！」

「バーッッカじゃないの⁉　アタシを一度一族から追放して。都合が悪くなったらそんな危険な薬を飲めって命令しにきて。その対価が首飾りと称号1つだけ。飲むわけないでしょそんな薬！　人を馬鹿にするにも限度があるんじゃない？」

「よくぞおっしゃいましたわ、アリシアさん！」

ワタクシ、歓喜のあまり胸の前で手を打ち合わせてしまいますわ。

一度火がついたアリシアさんの口は止まりませんわ。

「それからアタシがさっきから一番気に食わないのはアンタの上から目線の命令口調よ。地面に手をついて『どうかお願いします力を貸してください』ってお願いするのが筋なんじゃないの？」

アリシアさん、挑発するような笑顔で地面を指さしますわ。

「よくも、私にそのような口の利き方を……！」

セレスティア様の眉間に怒りのシワが寄りますわ。

「もう、アリシアさんってば。言葉が汚いですわよ」

と、ワタクシはアリシアさんを咎《とが》める様なことを言いましたけれども。アリシアさんが薬を突き返したのが嬉しくて、顔がにやけてしまっておりますわ～！　隣を見ると、ユクシーさんもニコニコの笑顔でしたわ。

「アリシア。薬を飲まないというなら、この戦況をどうするのですか？　今のあなたに何が出来るというのですか！」

「ええ。何が出来るか、見せてあげるわよ！　アタシはもう【聖女】なんかに憧れない！　最高の仲間が認めてくれた、この最高のギフト【黒の聖女】の力で、戦況を五分にするどころか圧勝まで持って行ってみせるわ！」

アリシアさんはセレスティア様に向かって指を突きつけて、高らかに宣言しましたわ！　その顔は、憑《つ》き物《もの》が落ちたようでとても晴れやかですわ。

「シャーロット、ユクシー、アウロフさん。今からアタシが、【黒の聖女】の力で、今街に押し寄せてるモンスター全部ここに引き寄せるわ！」

「そしてそれをワタクシ達が片端から倒せば良いのですわね？　お任せくださいまし！　ワタクシ、まだまだ食べられますわよ！」

ワタクシ、右腕に力こぶを作って左手で叩きますわ。

「吹っ切れたねアリシアさん！　任せておいて、絶対にモンスター達は私達で倒すから！」

ユクシーさんはハンマーを引き抜いて、手の中で旋回させますわ。

「モンスターを追い返すのではなく、引き寄せてまとめて倒す。素晴らしいアイデアだ！　僕も全力で戦おう。モンスター共は、1体も後ろに通さないと約束する」

先ほどとは変わって、殿下も爽やかな笑みを浮かべていらっしゃいますわ。

アリシアさんは嬉しそうに笑って両手を胸の前で合わせて。

「それじゃいくわ、これが【黒の聖女】の真骨頂よ！」

モンスターを引き寄せる力を全力で開放なさいましたわ。すると、

〝キイイイィ……ン〟

アリシアさんの身体から黒い光が溢《あふ》れて、街中に広がっていきますわ。


「南西門、もう持ちません！」

「西南西門、戦える冒険者がもういません！　応援を頼みます！」

モンスタースタンピード迎撃戦の司令本部では、悲鳴のような報告が飛び交っていた。

司令本部中央のスクリーンには、各地の絶望的な戦いの様子が映し出されている。

門を突破して市街地で暴れている体長数十メートルの1つ目の巨人〝サイクロプス〟。巨大な棍棒を振るい、一撃で民家を叩き潰していく。冒険者達は奮闘して足にダメージを与えているが、サイクロプスの動きを止めるにはほど遠い。

別の戦場では、最初に門を突破したグランドボアが入り組んだ市街地で暴れている。多くの冒険者の攻撃を受けて傷だらけになっているが、それでも体力は半分も削れていない。そして冒険者の多くがグランドボアの相手をしている間に、小型モンスター達が次々押し寄せてくる。

ほかの門ではヒポグリフとグリフォンが鋭い爪で冒険者達を追いつめており、また別の門ではブルーワイバーンが雷のブレスを吐いて冒険者達の陣形を崩していく。

シャーロットがいる正門以外の各所の門は、想定を遥《はる》かに超える数のモンスターを抑えきれず戦線崩壊寸前。

本来であれば、負傷した冒険者は一時的に下がって治療を受けて、前線に復帰するシステムになっている。だが、モンスターの数が多すぎて完全に破綻している。

怪我《けが》をしたままの冒険者が前線で戦い続け、後衛の回復魔法使いも予備の剣を振り回してモンスターを倒す手伝いをしている有様《ありさま》だ。どこか1ヵ所でも破綻すれば、ガラ空きの門を抜けたモンスター達が他の門で戦う冒険者達を背後から襲い一瞬で冒険者達を血祭りに上げるだろう。

更に。

「司令！　ボスモンスターが出ました！」

モンスタースタンピードの最後には、特に強力なモンスターが出現する。

スタンピードの規模が大きくなるほど、ボスモンスターの戦闘力は高くなる。

通常であればグランドボア程度。しかし今回の大規模スタンピードでは、遥かに強力なボスモンスターが出現した。中央の画面に、炎を纏《まと》った鳥の姿が映し出される。

「フェニックスだと……」

バラガウは唖然としていた。

高温の炎を纏い、死んでも炎と共に蘇《よみがえ》るという伝説級のモンスター、フェニックス。歴戦のバラガウでも初めて相対するモンスターだ。

「フェニックス、南西門の上空を越えてこちらに向かってきます！　止められません！」

大量の矢がフェニックスに向かって飛んでいくが、フェニックスの纏う炎によって当たる前に燃え尽きてしまう。

『ケエエエェーン！』

フェニックスが、進路上にあった塔へ向けて炎を吐き出す。

〝ゴウッ〟

煉瓦《れんが》でできた塔が一瞬で炎に包まれ、溶けていく。塔は無人だったが、中に人がいれば間違いなく灰になっていた。

「……やむを得ん。〝アレ〟を使う」

バラガウと一部冒険者ギルド幹部が、司令本部の部屋を出て建物の最上階に向かう。

最上階は丸ごと1つの部屋になっている。壁は全面ガラス張りで、街を全方位見渡すことが出来る。そして部屋の中央には巨大な大砲が設置されていた。砲身には、最上級品質の魔力を蓄積した魔石が並んで埋め込まれている。

これが冒険者ギルドが保有する、対モンスター最終兵器〝魔導大砲〟。砲弾ではなく、超高出力の魔力を放つ武器である。

1発撃つだけで莫大《ばくだい》なコストが掛かるため本当に必要な時にしか使用できない兵器なのだが、バラガウは間違いなく今この兵器を使用しなければならないと判断した。

バラガウが回転台を操作して、フェニックスに狙いを定める。

もうフェニックスは肉眼で見えるところまで迫っていた。チャンスは一度きり。額の汗を拭いながら、バラガウは機をうかがう。その様子を、周りの冒険者ギルド幹部達も固唾を呑んで見守っていた。

フェニックスが更に近づいてくる。そして、目障りな司令本部の建物を焼き払うべく、炎を噴き出そうとしたその時。一瞬の硬直を見逃さず――

「今だ！」

バラガウが魔導大砲を起動。埋め込まれていた魔石が全て砕け、中の魔力が解放される。

〝ズドオオオォン‼〟

超高出力の魔力がまばゆい光の帯となって放たれる。光は、フェニックスの体を正確に捉える。

フェニックスの体は、バラバラに吹き飛んだ。

「……各員に伝えろ！　モンスタースタンピードボスモンスター、フェニックスを撃破したと」

その時。

〝ボウッ〟

飛び散ったフェニックスの身体の一部、心臓が燃え上がる。

炎はどんどん大きくなり、鳥の形になっていく。

『ケエエェン‼』

叫びを上げ、フェニックスが炎と共に復活した。

「馬鹿な……！　あそこまでバラバラにしても復活出来るのか！」

フェニックスが舞い上がり、今度こそ目の前の建物を焼き払わんと大きく息を吸い込む。

「ここまでか……！　国王陛下。モンスター共を止められず、ボスモンスターに一矢報いることさえ叶わなかった事、お詫《わ》び申し上げます」

死を覚悟したバラガウが天を仰いだその時。

〝キイイイィ……ン！〟

街中を黒い光が駆け抜けていく。

「なんだ今のは⁉」

炎を噴き出そうとしていたフェニックスの動きが止まる。

そして、不思議な力の波の発生源の方へ飛んでいった。

「バラガウ総司令！　大変です！」

下の階にいた冒険者ギルド幹部が息を切らせてやってくる。

「シャーロット・ネイビーのパーティーメンバーがギフトを発動し、押し寄せているモンスターが彼女達の方へ引き寄せられていきました！」

これが、のちに語り継がれる冒険者ギルド大逆転劇の始まりだった。


〝ドドドド……〟

アリシアさんがモンスターを呼び寄せる祈りを始めてからしばらくすると。地響きと共にモンスターさん達が大量に押し寄せてきますわ。

さぁ、食べ放題タイムの始まりですわ～！

まず最初にやってきたのは、先ほどの〝ゴブリン〟という小型の人型モンスターさん。

「これは骨が折れますわね」

数はざっと数百といったところ。

「シャーロットお姉さん、ゴブリンの群れは私達に任せて！」

と言って前に出たのはユクシーさんと殿下。

「もう少し引きつけて……今だ、ユクシーさん」

「いきます！　えーい！」

ユクシーさんがハンマーを振り下ろすと、いつの間にか用意されていた導火線に火がつきますわ。

導火線は、今まさに押し寄せてくるゴブリンさん達の方へ延びていて……。

〝ドカーン‼〟

ゴブリンさん達の群れのちょうど真ん中で大きな爆発が起きますわ。ゴブリンさん達がまるで嵐の日の木の葉のように飛んでいきますの。あれで、群れの半分ほどは倒せたでしょうか⁇

「ユクシーさん、アウロフさん。一体何をしましたの……？」

「さっきまで倒したモンスターの素材を使ってギフト【錬金術】で作った火薬を、モンスターの群れが来る前に埋めておいたんだよ、シャーロットお姉さん」

「埋める場所や起爆のタイミングは僕が指示した」

「シャーロットお姉さん、アウロフさんは軍略も勉強しているからこういう采配は得意なんだよ！」

殿下の大ファンであるユクシーさん、はじけるような笑顔ですわ。

「さぁユクシーさん、群れが混乱しているうちに一気に畳みかけるぞ！」

「了解です！　アウロフさんと一緒に戦えるなんて、光栄です！」

そう言って殿下とユクシーさんは、まださっきの爆発で混乱しているゴブリンさん達の群れに斬り込んでいきますわ。

殿下は見事な剣技で鮮やかにゴブリンさん達を倒していきますわ。乱戦でも周りの状況をきっちりと把握してらっしゃるのでしょう。背中に目がついているかのように、後ろからのゴブリンさんの攻撃もきっちりかわしてしまいますの。お見事ですわ。

そしてユクシーさんは、素早さと身軽さを活かしてゴブリンさん達の群れの中を縦横無尽に飛び回ってらっしゃいますわ。ゴブリンさん達の頭をハンマーで殴り付けながら、稲妻のように群れの中を駆け回って攪乱《かくらん》していますの。

お二方とも、お見事ですわ。

『ブモオオオオォ！』

ゴブリンさんたちがあらかた片付いたと思えば、今度はグランドボアさんが突進してきますわ。

ワタクシは向かってくるグランドボアさんの牙を左手で捕まえて。〝プチファイア〟で倒しますわ。

グランドボアさんを1日に3回も食べられるだなんて、夢のようですわ！

「信じられない……あなた達、一体何者なの⁉」

建物の陰に隠れているセレスティア様が、震える声で尋ねてきましたわ。

「さっきも言ったでしょ。アタシの最高の仲間だって」

祈りながらアリシアさんが答えますわ。

「……こんな化け物の戦いに巻き込まれるのはごめんです。避難させてもらいます」

そう言ってセレスティア様、どこかへ行ってしまいましたわ。

『ケエエエェン！』

『クエエエェ！』

まだまだモンスターさん達はやって来ますわ。左からヒポグリフさん。右からグリフォンさん。

これまでに食べた美味しいモンスターさん達の共演、素晴らしいですわ〜！

「〝プチファイア〟ですわ。こちらにも〝プチファイア〟ですわ！」

ワタクシは魔法で2体のモンスターさんを調理しますわ。そして。

「そこにいらっしゃるのは分かっていますのよ！〝プチアイス〟ですわ！」

透明になって近づいてきていた浮遊するカボチャモンスター〝ジャック・オ・ランタン〟さんを氷魔法で冷製スープに調理しますわ。

そして。

〝ズシン……〟

地響きを起こしながら、家よりもはるかに大きな二足歩行モンスターさんが現れましたわ。

「サイクロプス！　モンスタースタンピードには、こんなやつまで出てくるというのか！」

殿下が何やら驚いていらっしゃいますわ。珍しいモンスターさんなのでしょうか？

「大きなモンスターさんですわね。でもワタクシ、人型モンスターさんは食べないと決めていますの。〝ウインドカッター〟ですわ」

ワタクシはサイクロプスさんを縦に両断しましたわ。

〝ドシイイィン！〟

サイクロプスさんが倒れた衝撃で地面が揺れますわ。

「身体は大きかったですけれども、やはり弱かったですわね」

「流石シャーロットお姉さん！　サイクロプスだろうといつも通り一撃だね！」

とはしゃいでらっしゃるのはユクシーさん。

「あの巨体を両断とは。いやー、爽快だな！　シャーロットさん、いいものを見せてもらったよ！」

殿下も何やらご満悦ですわ。

「流石シャーロット、そうこなくっちゃね！」

両手を合わせて【黒の聖女】の力を発動したままのアリシアさんも、白い歯を見せて笑ってくれておりますわ。

「さて、モンスターさん達の群れがまた一段落しましたわ。出てきたお料理を早く頂いてしまいましょう」

「「了解!!」」

「アタシは、【黒の聖女】を発動し続けないといけないからパス。ちゃんとアタシの分残しといてよね！」

「もちろんですわアリシアさん。安心してギフトの発動を続けていてくださいまし！」

ワタクシ達はお料理のお皿を急いでテーブルに運んで食事を始めますわ。

グランドボア。ヒポグリフ。グリフォン。ジャック・オ・ランタン。

これまでに食べてきた美味しいモンスターさん達の共演、夢のようですわ〜！

パクパクですわ！


『ボスクラスモンスター〝グランドボア〟を食べたことによりレベルが5上がりました』

『グランドボア捕食ボーナス。レアスキル〝無限アイテムボックス〟はこれ以上進化しません』

『ボスクラスモンスター〝ヒポグリフ〟を食べたことによりレベルが5上がりました』

『ヒポグリフ捕食ボーナス。風属性魔法〝トルネード〟の威力が向上しました』

『ボスクラスモンスター〝グリフォン〟を食べたことによりレベルが5上がりました』

『グリフォン捕食ボーナス。風属性魔法〝ウインドカッター〟の威力が向上しました』

『モンスターを食べたことによりレベルが上がりました』

『ジャック・オ・ランタン捕食ボーナス。火属性魔法〝ファイアーウォール〟の威力が向上しました』


いつもの耳鳴りも、こんなにたくさん美味しいモンスターさんを食べた後だとなんだか楽しく聞こえますわ♪

「シャーロットお姉さん、私このヒポグリフの馬部分のお肉大好き！」

「熱くて脂の乗った肉を食べる合間にさっぱり冷たいカボチャの冷製スープでリフレッシュする。堪《たま》らないな……！」

ユクシーさんと殿下も、モンスターさん達のお料理を楽しんでくださっていますわ。

シャーロット・ネイビー　LV159
◇◇◇パラメータ◇◇◇
○HP：135／135
○筋力：116
○防御力：149（+ボーナス155）
◇◇◇スキル◇◇◇
○索敵LV8
○無限アイテムボックス（レア）
○全属性魔法耐性（レア）
○ナイトビジョン
○パーティーリンク
◇◇◇使用可能魔法◇◇◇
○プチファイア
○パラライズ
○ファイアーウォール（威力+1）
○ウォーターショット（威力+4）
○グラビティプレス

○MP：217／217
○魔力：182
○敏捷《びんしょう》：99
○オートカウンター（レア）
○状態異常完全遮断（レア）
○オートヒールLV25【Up Grade!!】
○防御力ブースト
○炎属性攻撃完全無効（レア）
○プチアイス
○ステルス
○トルネード（威力+1）
○バブル
○タイムストップ

○ウインドカッター（威力＋1）
○エクスプロージョン
○フレイムランタン
○エンゼルウイング
○ヒートストリーム

モンスターさん達のフルコース、パクパクですわ！

「沢山食べたね、シャーロットお姉さん！」

「僕は感激している……！　シャーロットさんの手作り料理をこんなにたくさん食べられて、しかもレベルも10以上あがるだなんて」

皆様にも満足いただけたようですわ！

ただしアリシアさんだけは、

「くううううぅ……アタシも早く食べたいぃ〜！」

と、両手を合わせた姿勢のまま悔しがっておられますの。

そのとき。

「あら？　何か、他とはまるで違うモンスターさんの気配が近づいてきますわ」

『ケエエエェン！』

見上げると、赤く燃える鳥モンスターさんがワタクシ達目掛けて飛んできましたわ。

第八章　不死のモンスターさんを食べますわ

「嘘《うそ》だろ？　あれは〝フェニックス〟！　伝説のモンスターだぞ……!?」

殿下が目を丸くしてらっしゃいますわ。

「まぁ、そんなに珍しいモンスターさんですのね。これは食べるのが楽しみですわ！　それにしても、凄《すご》い勢いで燃えてらっしゃいますわね……」

以前火山地帯で食べたフレイムバッファローさんは背中が燃えてらっしゃいましたけれども、フェニックスさんは全身がくまなく燃えてらっしゃいますわ。

フェニックスさんはワタクシ達《たち》に近づいてきて、

〝ゴウッ！〟

口から火を吐いてきましたわ！

「みんな、避けるんだ！」

そう叫んだ殿下は右に。ユクシーさんは左にジャンプして火を避けますわ。ワタクシも左にジャンプしようとしたのですけれども――

〝ズコッ〟

こけてしまいましたわ！

そして、フェニックスさんの吐き出した火を思い切り浴びてしまいましたわ。

「熱――くはありませんわね」

フェニックスさんは一生懸命火を吐いてらっしゃるのですけれども。全然熱くありませんわ。

『ケェン……⁉』

フェニックスさん、困惑してらっしゃいますわ。

「すっごーい！　シャーロットお姉さん凄いよ！　フェニックスの火を受けてノーダメージなんて！」

「僕も驚いた。というか、自分が今見ているものが信じられない」

「逆に、アンタどんなモンスターならダメージ受けるのよ」

火であればモンスターさんの攻撃とはいえ熱いと思ったのですけれども、全然そんなことはないようですわ。

「とりあえず、鳥モンスターさんであれば火の魔法で焼いてお料理するのが良さそうですわね。〝プチファイア〟ですわ」

ワタクシ、火の塊をフェニックスさんにぶつけますわ。

〝ボウッ！〟

フェニックスさん、炎に包まれて動かなくなりましたわ。

「フェニックスといえども、自分の炎よりずっと熱いシャーロットお姉さんの炎には耐えられないみたいだね！　流石《さすが》シャーロットお姉さん！」

落下していくフェニックスさん。

しかし。

フェニックスさんの身体《からだ》が、激しく燃え上がりますわ。

『ケエエェ――――ン！』

甲高い鳴き声と共に、フェニックスさんが再び動き始めましたわ。翼をはためかせ、何事もなかったかのように空を飛び始めますわ。

「そんな！　倒したはずですのに！」

「シャーロットお姉さん、フェニックスは倒しても何度も炎とともに蘇《よみがえ》るモンスターなんだよ！　何か作戦を考えないと！」

「なんですってー⁉」

倒しても復活するモンスターさんだなんて。いったいどうすれば食べられるのでしょう？

『ケエェ――ン！』

フェニックスさんが、怒ってワタクシに何度も火を吹き付けてきますわ。相変わらず全く熱くありませんけれども。

「しかし倒しても何度も復活するというのは困りますわね……　〝プチファイア〟ですわ」

とりあえずワタクシ、もう一度火の魔法でフェニックスさんを焼いてみますけれども。

『ケエエェ――――ン！』

またフェニックスさんが復活しましたわ。そしてまたワタクシに火を吹き付けて来るかと思いきや――

〝バサッ〟

大きく羽ばたいて、ワタクシ達とは反対の方向へ飛んでいきますわ。

「あら、どこへ行きますの！　お待ちくださいまし！」

「きっとシャーロットお姉さんに敵《かな》わないことを悟って逃げたんだよ。待てー！」

ユクシーさんが石を投げつけますけれども、届きもしませんわ。

「アタシに任せなさい！　〝ブラックアロー〟！」

アリシアさんが弓の魔法でフェニックスさんの右翼を撃ち抜きますわ。

『ケエェン！』

片翼を失ったフェニックスさんは地面に落ちますわ。しかし、何度も復活するフェニックスさんを倒すにはどうすればよいのでしょう？

「シャーロットさん、フェニックスの倒し方が分かったぞ！」

「本当ですの、アウロフさん？」

「1回目の時より、2回目の方が1秒ほど復活に時間が長くかかっている。フェニックスの復活する力は無限じゃない。何度も倒し続ければ、いつか限界が来るはずだ」

「分かりましたわ！　それならワタクシ、考えがありますわ！」

〝ゴウッ〟

フェニックスさんが地面に足をついたまま、火を吹き付けてきますわ。

ワタクシは炎を浴びながらフェニックスさんに駆け寄って――

「捕まえましたわ♪」

両手で、フェニックスさんの両翼をしっかり摑《つか》みましたわ！

『ケエェン⁉』

フェニックスさんが羽をバタバタさせて逃れようとなさいますけれども。

「そんな非力さではワタクシから逃げるなんて無理ですわよ？」

フェニックスさんの回復力はお見事ですけれども、力は全然強くありませんわ。

「さすがのシャーロットお姉さんでも、まさかフェニックスを素手で捕まえるとは思わなかったなあ……」

「同感よ。どんな耐久力してるのよ」

何やら後ろでユクシーさんとアリシアさんがあきれたような声で会話してらっしゃいますわ。

「ではいきますわよ。〝プチファイア〟ですわ！」

ワタクシはフェニックスさんを捕まえたまま、火の魔法でフェニックスさんを焼きますわ。

『ケエエエェ――――――ン！』

フェニックスさんは叫びながらすぐ復活するのですけれども。その度にワタクシは、

「〝プチファイア〟ですわ」

また火の魔法でフェニックスさんを焼きますわ。

「〝プチファイア〟ですわ」

「〝プチファイア〟ですわ」

「〝プチファイア〟ですわ」

…………………………

………………………

…………

「〝プチファイア〟ですわ」

数十回ほど火の魔法で焼くと、フェニックスさんの回復もかなり時間がかかるようになってきましたわ。

『ケエエエェン……』

復活しても、元気がなさそうですわ。もう限界でしょうか？

それではトドメを刺すと致しましょう。

ワタクシは全身の魔力を振り絞り、全て右手に集中させて――

「〝プチファイア〟！　ですわ！」

〝ゴウッ〟

渾身《こんしん》の炎でフェニックスさんを倒しますわ！

そして、いつものようにお料理と素材になりますわ。今回のお料理は――

「ローストターキーですわ！」

古今東西鶏肉《とりにく》を使ったお料理はたくさんありますけれども。鶏肉料理の王様といえばやはりローストターキー！　これしかありませんわ！

「やったぁ！　私これまで貧乏だったから、なにかおめでたい日にローストターキーを食べるのがずっと憧れだったんだ！」

「伝説のモンスターのローストターキー……一体どんな味がするのか、楽しみね」

普段であればお皿が4枚出てきて、それぞれのお皿の前に〝ユクシー・サラーティ〟などとネームプレートが出現するのですけれども。

今回は例外的に、1枚の大きなお皿の上にドーン！　とローストターキーが載っていて、その前に4枚のネームプレートが置いてありますわ。

「ローストターキーといえばこの丸焼きのお姿ですもの！　お料理の出し方が気が利いてらっしゃいますわ！」

切り分ける手間がありますけれども、それもお料理を楽しむ時間の一部なのですわ。

「モンスターさんは、今のフェニックスさんが最後のようですわね。それでは、心置きなく頂きましょう！」

さっそくワタクシ、お皿をテーブルに載せて切り分けていきますわ！

ユクシーさん、アリシアさん、殿下の期待の視線を感じながら、ワタクシはお料理と一緒に出現していたナイフをローストターキーに差し込みますわ。

〝ジュワアアアァ……！〟

その瞬間、中からお肉の香りがあふれてきますわ。

〝ゴクリ……！〟

ワタクシ、思わず喉を鳴らしてしまいましたわ。

早く食べたいですわ～！

ワタクシ、急ぎながらも慎重にお肉を切り分けていきますわ。

さらに深く切り込むと、中の詰め物が顔を出しますわ。

詰め物には色々と種類がありますけれども、今回中に入っているのはタマネギとリンゴ。それに香料としてローズマリーとシナモンも入っておりますわね。

〝ぐううううぅ～！〟

あふれてくる香りを嗅いだ瞬間。お恥ずかしながらワタクシ、お腹《なか》が鳴ってしまいましたわ。それほどに食欲をそそるいい香りなのですわ。

「シャーロットお姉さん！　早く！　早く食べよう！　私もお腹すいてきちゃった！」

ユクシーさんもお腹を鳴らしながら、ワタクシの隣で跳んだり跳ねたりしてらっしゃいますわ。

「ユクシーさん、落ち着こう。刃物を持っているシャーロットさんの隣で動き回ると危ないよ」

一見冷静に見える殿下ですけれども、視線がローストターキーに釘付《くぎづ》けですわ。

「ああ、アタシもう我慢の限界だわ。アンタ達はさっき色々モンスターの料理を食べてたからいいじゃない。アタシはね！　その間ずっと【黒の聖女】でモンスターを引き寄せて手が塞がってたから、アンタ達が美味《おい》しそうに料理を食べるところを見せつけられてたのよ！」

アリシアさん、息を荒くしておりますわ。

「はっきり言ってアタシもう我慢の限界なのよ！　もうこのままかじりついちゃっていい？　いい

わよね⁉」

「あと少しだけ我慢してくださいまし、アリシアさん！」

かく言うワタクシも、もう取り分けずにこのまま食べ始めてしまいたい気持ちを抑えるのに必死なのですわ～！

ワタクシ、なんとかお肉を均等に4枚のお皿に取り分け終えましたわ。

「さぁ、準備が出来ましたわ！」

〝ガタガタッ！〟

ワタクシが言うと、皆様素早く着席して食事の態勢に入りますわ。

「「「「いただきます！」」」」

さぁ、いよいよ実食ですわ～！

ワタクシ、まずは脚の部分のお肉を1切れ口に運びますわ。

〝パリッ〟

まずはこの皮のパリッとした触感！　じっくりローストされていることが分かる、素晴らしい仕上がりですわ！

そして――

〝ジュワアアァ……！〟

口の中であふれる肉汁！

外はパリパリ中はジューシー。最高ですわ！

これまで味わったことがないような極上の鶏肉の旨味《うまみ》が口の中で溢《あふ》れますわ。

そしてお肉を噛《か》んだその時。

〝ジュワァァァァ……!!〟

焼きたてのようにお肉が熱くなって、旨味が再びあふれだすのですわ。

まるで最初に口に入れた時の一番美味しい状態に戻ったかのように、アツアツの肉汁たっぷりの状態になったのですわ！

「なんですの、この触感!?」

口の中で、まるでお肉が蘇ったかのようですわ！

噛んでも噛んでも、

〝ジュワァァァァ……!!〟

最初の一口の様に一番美味しい状態に復活するのですわ！

最高に美味しい時間が永遠に終わりませんわ〜！

「美味しいよ美味しいよ美味しいよシャーロットお姉さん！　ローストターキー最高だよ！」

ユクシーさんが夢中になってローストターキーを口に運んで行きますわ。

そして、急に止まりますわ。

「慌てて食べ過ぎて、舌を火傷《やけど》しちゃったよ〜。シャーロットお姉さん、お水ちょうだい」

ユクシーさんが小さな舌を出してらっしゃいますわ。

「はい、どうぞ。慌てなくても、ローストターキーは逃げませんわよ」

ワタクシは、アイテムボックスから出したお水をコップに汲《く》んでユクシーさんにお渡ししますわ。

「ありがとう、シャーロットお姉さん」

お水を飲んで、ユクシーさんがお肉を食べるのを再開しましたわ。

「僕は王宮でこれまで色々美味しいものを食べてきたが、これほど美味《うま》い料理を食べたのは生まれて初めてだ。そして噛んでも噛んでも最初の一口のように食感が復活して肉汁が溢れ出てくる。フェニックスの不死の力が肉質に影響しているのだろうか。実に興味深いな……！」

殿下は何やら考えてらっしゃるようで、首をかしげながらローストターキーを食べてらっしゃいますわ。ですが。

「ええい、考えるのは後だ！　こんなに美味しい料理、理屈を考えながら食べるのは野暮というもの。今は、この味を楽しむことだけに集中するぞ！」

そう仰《おっしゃ》って、一心不乱にローストターキーを口に運び始めましたわ。

「ほんっとうに美味しいわねこのローストターキー！　まず素材の肉が最高だし、下味がしっかり染みて素材の味を最大限に引き出してて、もうたまらないわ！」

アリシアさんは頬に手を当ててフェニックスさんのお肉を味わっておられますわ。

ワタクシも、休むことなく口と手を動かしますわ。お肉だけではなく、詰め物のタマネギとリンゴも肉汁をたっぷり吸いこんでいて美味しいのですわ！

「ねぇ、前から思ってたんだけど。アンタの料理のこういうメインの食材以外の野菜とかって、どこから出てくるのよ？」

アリシアさんがお肉をナイフで切り分けながら尋ねてこられますわ。

「それはワタクシも不思議に思っておりますわ。でも美味しいので全然気になりませんわ～！」

「アンタが分からないんだったら、誰にも分からないわね」

そう言ってアリシアさんはお肉を口に運びますわ。

「まぁ、こんなに美味しいいんだから細かいことは気にしないで良いか！」

アリシアさん、幸せそうにお肉を噛みしめていらっしゃいますわ。

こんな風に、ワタクシ達は最高のお食事を楽しみましたわ。

パクパクですわ！

『レジェンダリーモンスター〝フェニックス〟を食べたことによりレベルが50上がりました』

『フェニックス捕食ボーナス。永続炎魔法〝エターナル・フレイム〟を修得しました』

そしてお約束の耳鳴りですわ。

「あぁ、素敵な時間でしたわ……！」

「美味しかったね、シャーロットお姉さん！　私、今最高に幸せ～！」

ユクシーさんが両手を広げて喜びを表現しますわ。

「アタシも今すっごいいい気分だわ。生まれてきてから一番幸せな瞬間かもしれない……」

アリシアさんは夢見心地といった表情で、椅子の背もたれに身を預けておりますわ。

「伝説級モンスターであるフェニックスを食べられるとは。貴重な体験ができたよ。シャーロットさんに恩を返すつもりが、また恩が出来てしまった。僕の力が必要なときは、またいつでも呼んで欲しい」

皆様も大満足していただけたようですわ。

最高の1皿でしたわ～！

シャーロット・ネイビー　LV209

◇◇◇パラメータ◇◇◇

○HP：175／175　○MP：282／282

○筋力：151　○魔力：237

○防御力：194（+ボーナス164）　○敏捷《びんしょう》：129

◇◇◇スキル◇◇◇

○索敵LV8　○オートカウンター（レア）

○無限アイテムボックス（レア）　○状態異常完全遮断（レア）

○全属性魔法耐性（レア）　○オートヒールLV25

○ナイトビジョン　○防御力ブースト

○パーティーリンク　○炎属性攻撃完全無効（レア）

◇◇◇使用可能魔法◇◇◇

○プチファイア
○パラライズ
○ファイアーウォール（威力＋1）
○ウォーターショット（威力＋4）
○グラビティプレス
○ウインドカッター（威力＋1）
○エクスプロージョン
○フレイムランタン
○プチアイス
○ステルス
○トルネード（威力＋1）
○バブル
○タイムストップ
○エンゼルウイング
○ヒートストリーム
○エターナル・フレイム【Ｎｅｗ‼】

「貴女《あなた》がシャーロット・ネイビーか」

ワタクシ達が食事を終えてテーブルで談笑していると。壮年の殿方が部下と思《おぼ》しき方々を連れて声を掛けてきましたわ。

「俺はバラガウ。冒険者ギルドシルバーベイン支部長にして今回のモンスタースタンピードの総司令官を務めている。今回の貴女の活躍で、死人も出ずモンスターをここで食い止めることができた。心から感謝したい」

「光栄ですわ。ですけれども、ワタクシだけの手柄ではありませんわ。ワタクシの素晴らしい仲間の活躍があってのことですもの」

　ワタクシは、パーティーメンバーの3人の方を手で示しますわ。

「もちろん存じている。火薬を生成して小型モンスターを一掃したユクシー殿。卓越した剣技で小型モンスターを寄せ付けなかったアウロフ殿。そして、モンスターを引き寄せる力で戦局を大きく変えて下さったアリシア殿。貴方達にも、心より感謝申し上げる」

　バラガウ様、深々と頭を下げられますわ。

　そのとき。

「先ほどの戦い、見せてもらいましたよ。アリシア」

　聖女一族の当主、セレスティア様が戻ってこられましたわ。

「大活躍だったんだってね、凄いよアリシアちゃん！」

　後ろで手を振ってらっしゃるのは、以前ワタクシの街に結界を張ってくださった長身の聖女、マデリーン様。そう言えばアリシアさんの従姉《いとこ》で、アリシアさんの姉に近い存在だとおっしゃってられましたわね。

「アリシア。【黒の聖女】の力で圧勝するという言葉、嘘でないことを見せてもらいました。……見事でした」

　悔しさを少し顔ににじませながらも、セレスティア様がアリシアさんの活躍を認めますわ。

「でしょう？　これでアンタも認めざるを得ないでしょ。【黒の聖女】はハズレギフトじゃないって」

「アリシアちゃん！　ダメですよ当主様にそんな口の利き方をしちゃ！」

マデリーン様がアリシアさんを叱りつけますわ。

「ふん！　さっきもこのクソババアに言ったけど、アタシはもう聖女の一族じゃないの。このクソババアにそんな礼を尽くす義理なんてないわ」

「あー！　〝クソババア〟なんて言った～！　アリシアちゃん、いくらもう聖女の一族じゃないっていっても──」

アリシアさんと言い合いを始めたマデリーン様を、セレスティア様が手で制しますわ。

「そうですね。認めましょう。【黒の聖女】はハズレギフトではなく、時として【聖女】を上回る力を発揮することを。あなたを追放した判断も間違いでした」

「え、えぇ……？」

セレスティア様の言葉が予想外だったのか、アリシアさん、きょとんとしてらっしゃいますわ。

マデリーン様も信じられないようなものを見る顔をしてらっしゃいますわ。

「嘘……！　当主様があんなに『忌まわしい力』と嫌っていた【黒の聖女】を褒めるなんて……」

「そして仲間に力を借りたとはいえ、あの絶望的戦況を覆《くつがえ》して圧勝したあなたには、これを受け取る資格があります」

そう言ってセレスティア様が差し出したのは、大聖女の証《あかし》である首飾りですわ。

「聖女の一族の当主として、あなたが〝大聖女〟の称号にふさわしいことを認めます。それはこの証です」

「アタシが、大聖女……!?」

アリシアさん、呆然《ぼうぜん》としながら首飾りを受け取りますわ。

「おめでとうアリシアちゃん！　これでお母さんと同じ大聖女だよ！　良かったね、夢が叶《かな》って！」

マデリーン様も目に涙を浮かべてアリシアさんを祝福してらっしゃいますわ。

「アリシア。率直に言って、当主である私を『クソババア』呼ばわりする品のないあなたのことは嫌いですし、あなたに大聖女の称号を与えるのは腹立たしいです。ですが一族の当主として、私は公正であるよう努めていますから。……ところであなた、一族に戻ってくる気はありませんか？　大聖女の称号を持つあなたなら、次の当主の筆頭候補になれるでしょう」

「ほんのちょっぴり魅力的な提案かもしれないけど、遠慮しておくわ。さっきも言った通り、アタシにはもう最高の仲間がいるんだから」

アリシアさん、ワタクシ達を指さしてくださいますわ。

「そう言うと思いました。マデリーン、帰りますよ」

「はい、当主様。……またね、アリシアちゃん！　それに、アリシアちゃんの仲間の皆さん」

セレスティア様の背中を追って、マデリーン様がワタクシ達に手を振りながら帰って行きますわ。

ワタクシ達は、立ち去っていく2人の背中を見送りましたわ。

「そっか、アタシがママと同じ大聖女か……！」

アリシアさんは、大聖女の証である首飾りを感慨深そうに見つめておりますわ。その目には、涙がにじんでおりますの。

アリシアさんが大事そうに首飾りを付けますわ。

「どう？　似合うでしょ？」

「ええ！　とっても良くお似合いですわ！」

「バッチリ似合ってるよ、アリシアさん！」

「ふふふ……ありがと」

「おめでとうございますアリシアさん。夢が叶いましたわね！」

白い歯を見せて笑うアリシアさんの顔は、とても素敵でしたわ。

「アリシアさん、おめでとう！」

ワタクシとユクシーさんは、アリシアさんに抱きつきますわ。

「ああもう、暑苦しいわねアンタ達！　離れなさいってば、もう」

と言いつつも、アリシアさんはワタクシ達を振りほどこうとはしませんわ。

隣で殿下も無言で拍手して祝福してくださっていますわ。

「……ところでユクシーさん、聞きました？　さっきアリシアさん、ワタクシ達のことを『最高の仲間』とおっしゃってくださいましたわよ！」

「聞いたよシャーロットお姉さん！　確かに言ってたよ！」

ワタクシとユクシーさんはアリシアさんに抱きついたままハイタッチしますわ。

「わー！　うるさいわねアンタ達！」

アリシアさんがワタクシ達を乱暴に振り払いますわ。

「もう、何をしますのアリシアさん。『最高の仲間』は大事にしなくてはいけませんわよ？」

「そうだよ、『最高の仲間』に暴力はダメだよアリシアさん」

「ああもう！　忘れなさいよ！」

顔を真っ赤にしたアリシアさんが、ワタクシ達を追いかけてきますわ。

こうして、ワタクシ達が初めて参加したモンスタースタンピードは無事に終了したのですわ。

エピローグ　家で食べるパンケーキもおいしいのですわ

モンスタースタンピードを終えて。ワタクシは、やっと家に戻ってきましたわ。

「お帰りなさいませッスお嬢様～！」

いつものようにマリーが飛びついてきましたわ。

「4日もお嬢様がいなくて寂しかったッス～！」

マリーが涙目でワタクシの胸に顔を埋《うず》めますわ。

「相変わらずマリーはさみしがり屋ですわね」

ワタクシはマリーのふわふわの頭を撫《な》でますわ。

このさわり心地。落ち着きますわ～！

「マリーの頭を撫でていると、帰ってきた実感が湧きますわ」

もふもふですわ。

「そうですわ、今回もマリーにお土産をもってきたのですわ」

ワタクシ、アイテムボックスから小さなガラスケースを取り出しますわ。中には、紅《あか》く揺らめく炎が宿った鳥の尾羽が入っていますわ。

「ありがとうッスお嬢様！　これ、なにッスか？　鳥の尾羽……ッスかね？」

「その通りですわ。普通であればモンスターさんの素材は、カードにポイントを付けてもらうときに冒険者ギルドに提出するのですけれども。キレイな羽でしたから特別に持ち帰らせてもらいましたわ」

もちろん何度も冒険者ギルドでポイントを付けられないように、尾羽の軸の部分には『冒険者ギルドにてポイント加算済み』の刻印を入れてもらっておりますわ。

「へぇ～！　火がゆらゆら燃えてて綺麗《きれい》ッス！　大事にするッス！」

マリーが両手でガラスケースを抱きしめますわ。

「ところでマリー、明日のお昼過ぎにワタクシの仲間が2人、次に受けるクエストの打ち合わせをしに来ますわ。その時に人数分のパンケーキを焼いて欲しいのですわ」

「了解ッス！　腕によりを掛けて焼くッスよ！」

そして翌日お昼過ぎ。

〝チリンチリーン♪〟

玄関の呼び鈴が鳴りますわ。

「お邪魔しますシャーロットお姉さん」

「邪魔するわ。相変わらず広い家ね。羨ましいわ」

ユクシーさんとアリシアさんがやって来ますわ。アリシアさんはなにか大きな包みを背負ってらっしゃいますわ。

「いらっしゃいまし。さぁ、中へどうぞ。すぐにメイドのマリーがパンケーキを焼いて持ってきてくれますわ」

ワタクシはお2人を応接間へ案内しますわ。

「お客様、いらっしゃいませッス！　パンケーキをお持ちしたッス！」

応接間に、焼きたてのパンケーキの上で溶けるバターの香りが広がりますわ。

「「「いただきます」」」

ワタクシ達《たち》、パンケーキを口に運びますわ。

今日もマリーのパンケーキは最高ですわ！

「マリーさんのパンケーキ美味《おい》しいね、シャーロットお姉さん！」

「ホント美味しいわね……！　シャーロットが『ワタクシのメイドの作るパンケーキは世界一美味しいのですわ』って言ってたのを話半分に聞いてたけど、本当にそこらのプロ顔負けの味じゃないの」

お2人とも、予想を超えるパンケーキの味に驚いてらっしゃいますわ。ワタクシも鼻が高いですわ。

「ふっふっふ。私はパンケーキを作る以外の仕事がダメダメだったッスから、パンケーキだけは誰にも負けないように猛特訓したッス！」

と、マリーが胸を張っておりますわ。

「いつもありがとうですわ、マリー。美味しいパンケーキを食べたら、今度は紅茶が欲しくなってしまいましたわ」

「了解ッス！　すぐお持ちするッス！」

マリーは元気にキッチンの方へ向かいましたわ。

「……ところでアリシアさん。さっきからずっと気になっていたのですけれども。その大きな包みはなんですの？」

「ああこれ？　来る途中に寄った店で気まぐれにしょうもない買い物しただけよ。気にしなくていいわ」

アリシアさんがソファにもたれかかっている包みをポンポンと叩《たた》きますわ。すると。

〝ぐらっ〟

バランスを崩した包みが倒れて紐《ひも》がほどけますわ。

「あー‼」

アリシアさんが悲鳴を上げますわ。包みの中から顔を出したのは、大きな白いぬいぐるみですわ。あれは……アヒルでしょうか？

「大きなぬいぐるみですわね、アリシアさん」

「え、ええまぁそうね！　来る途中のお店でね、買い物なんてするつもりなかったんだけどなんかたまたま目が合っちゃって。ホラこないだブレイズオパールの採掘で沢山お金が入ったじゃない？アタシとしたことがちょっと気が大きくなりすぎて気まぐれにこんなよく分からないぬいぐるみ買っちゃった訳よ。あー困ったわーアタシとしたことがこんなの置き場所がなくて困っちゃうわー帰りにまたお店に寄って返品してこようかしら」

「凄《すご》い早口だねアリシアさん」

ユクシーさんはあきれた顔をしていますわ。

「そのアヒルのぬいぐるみ、愛らしいですわね」

「はぁ？　アヒルじゃないわよ！　ヒヨコよヒヨコ！　クチバシの形が全然違うでしょうが！　ていうかアンタ有名ぬいぐるみシリーズの〝ヒヨコンズ〟知らないの？　絵本とぬいぐるみで10年以上続いてる人気シリーズよ⁉　見たことくらいあるでしょ？　最近なんて長編小説も出たんだから……あっ」

アリシアさん、自分の失態に気づいて硬直なさいますわ。顔も真っ赤で、頭から湯気が出そうになっていますわ。

「アリシアさん、語るに落ちたね」

「どこが『気まぐれにこんなよく分からないぬいぐるみ買っちゃった』なんでしょう。さぁ、白状してくださいまし」

俯《うつむ》いて、両手で顔を覆ったままアリシアさんが話し始めますわ。

「はい。白状します。本当は、この街で宿を取った日に街のぬいぐるみ専門店をチェックして、毎日商品の入荷をチェックしてました……」

「ワタクシの家に来る前ではなく、帰りに買えばよかったのではありませんこと？　ここまで運ぶのも大変だったでしょうに」

「来る途中に丁度等身大ヒヨコンズのぬいぐるみが入荷してたのを見つけて、『今すぐ迎えてあげないと誰かに先を越されるかもしれない！』って思っちゃって……」

アリシアさん、消え入りそうな声ですわ。

「アリシアさん、何年くらいヒヨコンズにハマってるの？」

「それは……半年くらい前にハマって、それからちょくちょくグッズを買ってます」

答える前に少し不自然な間があったのを、ワタクシは聞き逃しませんでしたわ。

「アリシアさん？　本当はいつからハマっていますの？」

〝ギクッ〟という音が聞こえそうなほどわかりやすくアリシアさんの肩が動きましたわ。

「……11年前、シリーズの最初のぬいぐるみが出たときからよ。お小遣いは大体ヒヨコンズグッズに使ってたわ」

「まぁ。古参の大ファンではありませんの」

「そうよ！　古参の大ファンよ！　何か文句ある⁉」

アリシアさん、急に立ち上がりましたわ。どうやら開き直って元気になったご様子。

「文句なんてあるはずもないですわ。何かを好きでいるというのは、素敵なことですわ。胸を張ってくださいまし。帰りは、ワタクシがアイテムボックスに入れてアリシアさんの宿まで運んで差し上げますわ。背負って運ぶのは大変でしょうし、途中で落としたり雨に打たれて汚れてしまっては大変ですもの」

「……ありがと。助かるわ」

「お嬢様、お茶を持ってきたッス〜！」

応接間のドアを開けて、マリーがやって来ましたわ。

「あー！　それヒヨコンズじゃないッスか！　等身大ぬいぐるみ、現物見ると本当可愛《かわい》いッスね！」

マリーが大声を上げてぬいぐるみを指さしますわ。

「あらマリー、知っていますの？」

「はい、私も集めてるッス！　等身大は流石《さすが》に持ってないッスけど、小さいのは全種集めてるッス！」

紅茶をテーブルに置きながら、マリーが興奮した様子で話しますわ。

「へぇ。アンタ、話が分かるじゃない。ちなみに、推しはどれ？」

アリシアさん、同好の士を見つけて嬉《うれ》しそうですわ。

「う〜ん。ヒヨコンズはみんな好きッスけど、一番を選ぶならその〝ヒヨコンズホワイト〟ッスね！」

〝ガシッ〟

アリシアさんとマリー、無言で固く握手しますわ。

「そのぬいぐるみ、見てたら私もだんだん可愛く思えてきたよ。今度妹のエレナのお見舞いに持って行ってあげようかな。……でも、長く続いてるシリーズらしいし最初はどれを買ったらいいか難しそうだね」

「あら仕方ないわね！　そういうことなら、帰りにお店に寄って選ぶのを手伝ってあげるわよ」

『仕方ないわね』と言いつつも凄く嬉しそうなアリシアさんですわ。

「シャーロット、アンタのとこのマリーにも手伝ってもらっていいかしら？」

「もちろんですわ。マリー、しっかり選ぶのを手伝ってあげてくださいまし」

「了解ッス！　お任せくださいお嬢様！」

マリーに新しい友達が出来そうで、ワタクシ嬉しいですわ。

「では、次に受けるクエストの打ち合わせを始めますわ！　それが終わったら、ぬいぐるみ屋さんに出かけますわよ」

「「「はーい！」」」

こうしてワタクシ達は、次に受けるクエストについて話し始めますわ。

次は一体どんなモンスターさんに出会えるのか、楽しみですわ。

パクパクですわ！

あとがき

こんにちは、音速炒飯《おんそくちゃーはん》です！　この度は『【パクパクですわ】追放されたお嬢様の〜』２巻を手に取っていただきありがとうございます！　この文章を読んでくださっているあなたは、きっと１巻を読んで「続きを読みたい！」と思ってくださった方かと思います。２巻を読みたいと思ってもらえるのは、小説家にとって最も嬉しい事の１つです！　本当にありがとうございます！

まずは１つ報告させてください。島知宏《しまちひろし》先生に手がけていただいている本作のコミカライズが、ニコニコ漫画の年間ランキング２０２３公式マンガ部門ベスト１００で11位を獲得しました！　ニコニコ漫画は多くの出版社の作品が集まる超大型プラットフォームで、２０２３年末時点で７００を超える作品が登録されているとのことです。その中で11位というスゴイ順位を獲得できました！　原作者として大変嬉しいです！

島知宏先生の描くシャーロットが表情豊かでとにかく可愛くて、出てくる料理が凄く美味しそうで、読むと楽しい気分に浸れる作品となっています！　この本が出る頃にはコミカライズ単行本第３巻が発売されているかと思います。未読の方、よろしければ是非こちらのほうもお楽しみください！

折角のあとがきなので、ちょっとした近況報告をさせてください。

私は休日ひたすら家で原稿かゲームをしているインドア派なのですが、健康的なインドア派になろうという思いでエアロバイクを家に置いており、ソシャゲや映画鑑賞をしながら時折こぐという生活を続けていました。

しかし下半身だけ動かすのもなんだかなぁと思い、先日某家庭用ゲーム機のエクササイズソフトを購入しました。これが楽しく運動できて続けやすい、とても良いコンテンツでした！　筋肉痛が残るので毎日は出来ないのですが、3日に一度は必ずやっています。始めてから体感として少し日中元気に活動できています。以上、近況報告でした。


続いて、作品本編の話です。

今回初登場したナタリー王女。彼女の登場パートはかなり手こずりました。

出番はそんなに長くはないのですが、なかなかどうしてキャラの設定や口調がしっくりこない。ナタリー王女は本文を書く上でかなり悩んだキャラでした。いろいろと年齢や口調を変えながら改稿していました。

正直最後までキャラクターの顔がはっきりとイメージできていなかったのですが。有都《ありと》あらゆる先生から送られてきたキャラクターデザインを見た瞬間に衝撃を受けました。これまでぼんやりとしか描《えが》けていなかったナタリー王女が、はっきりとそこにいたのです。「うわー！　ナタリー王女だー！　こんな顔してたのかー！」と叫びそうになりました。頭の中でしっかりとイメージを固められていなかったキャラクターの完璧なデザインを受け取る、という超貴重な体験をさせていただきました。とてもびっくりしました。有都あらゆる先生、本当に凄い方です。

そして今巻で登場した新レギュラーキャラ、アリシア。彼女も大変スタイルの良い、可愛いデザインに仕上げていただきました。有都あらゆる先生、本当にありがとうございました！


続きまして、担当編集者の庄司《しょうじ》様。今巻も改稿案について本当に沢山の意見を頂きました。今回は改稿の回数が多くなってしまいましたが、その度に原稿をしっかり読み込んでいただき、作品の良さを引き出す的確な指摘をくださいました。おかげ様で初校から面白さが跳ね上がりました。本当にありがとうございました！

そして作品の仕上げを手伝ってくださった校正様。今回もタイプミス・誤字・誤用・設定ミスを沢山見つけていただきました。頭が上がりません。ありがとうございます！

最後に、本作をご購入いただいた皆様に最大限の感謝を！　楽しい時間をお届けできたのならこれ以上ない幸せです！

お手にとっていただきありがとうございます！
挿絵をつとめました有都あらゆると申します。

祝！二巻発売！やった～！
見ていただいた皆様のおかげですね…！

今回から新たなヒロイン・アリシアが加わり、
にぎやかさが増えてまいりました。
キャラクターごとに描ける表情が違うため
気に入っていただけるようにかわいく描きました…！

かわいく…という点でどうしても語りたいのが
こちらの作品、コミカライズもございまして！
島知宏先生のとんでもなくかわいい絵柄で
シャーロットたちが動き回っており、一読者として
毎回楽しませていただいております…
自分でデザインしたキャラクターがああして
にぎやかに描かれているところを見ると、
「命」が宿っている…！という感動がとてもありますね。
そしてこの作品の要でもあるご飯の描写がスゴい！
本当に美味しそうで画力の高さが伺えまくります。
それを食べるシャーロットたちのかわいいお顔も…。

いくらでも語れてしまいますが、今回はこの辺で！
パクパクですわ２巻、ぜひご感想などSNSで
つぶやきまくってささやきまくってくれると嬉しいです！
お読みいただき、ありがとうございました～！

Kラノベブックス

【パクパクですわ】追放《ついほう》されたお嬢様《じょうさま》の『モンスターを食《た》べるほど強《つよ》くなる』スキルは、1食《しょく》で1レベルアップする前代未聞《ぜんだいみもん》の最強《さいきょう》スキルでした。3日《みっか》で人類最強《じんるいさいきょう》になりましたわ〜！2

音速炒飯《おんそくちゃーはん》

2024年6月28日第1刷発行

発行者　森田浩章
発行所　株式会社 講談社
〒112-8001　東京都文京区音羽2-12-21
電　話　出版　(03)5395-3715
販売　(03)5395-3605
業務　(03)5395-3603
デザイン　高橋忠彦（KOMEWORKS）
本文データ制作　講談社デジタル製作
印刷所　株式会社KPSプロダクツ
製本所　株式会社フォーネット社

KODANSHA

ISBN978-4-06-536468-0　N.D.C.913　304p　19cm
定価はカバーに表示してあります

ファンレター、
作品のご感想を
お待ちしています。

あて先
〒112-8001　東京都文京区音羽2-12-21
(株) 講談社　ライトノベル出版部 気付
「音速炒飯先生」係
「有都あらゆる先生」係

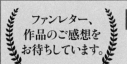

Comic = Hiroshi Shimachi

Story = Onsokuchahan

Character Design = Arito Arayuru